鵜《う》野《の》森町《もりちょう》あやかし奇譚(二)

覚《サトリ》之章

あきみずいつき

○本表紙デザイン＋ロゴ＝川上成夫

鵜野森町
あやかし奇譚(二)
覚《サトリ》之章

もくじ

鵜野森町
あやかし奇譚（二）
覚《サトリ》之章

登場人物紹介

サ ク ラ

霊獣・仙狸。鵜野森神社の居候であり、黒猫の妖。人の姿をとる事もあり、こちらは和装の麗人。幕末生まれで博識な面も持つ。猫缶が好物。

朝霧夢路【あさぎり　ゆめじ】

鵜野森神社の一人息子で高校二年。良き理解者である祖父母に育てられている。夏の事件を経て、心の強さを取り戻した。

日野咲【ひの　さき】

夢路のクラスメイト。夏に起きた怪奇事件を夢路達と乗り越え、心の在り様は大きく変化した模様。夢路の祖父母に大変気に入られている。

目次・登場人物紹介等デザイン―― 岡本歌織(next door design)
イラスト―― 浮雲宇一

序

――あなたの淹《い》れたコーヒーが好き。
――あなたの話す声が好き。
――あなたの笑った顔が好き。
――あなたの、全部が好き。
――今までありがとう。
――どうか。
――どうかあなたも。
――お幸せに。

第一章　冬の足音

1

　空が高い。

　北鴉野森町《きたうのもりちょう》へ向かう坂道から見下ろす町並みには、葉を落とし、或《あ》るいは朱《あか》く染めた木々によってすっかり晩秋の空気が漂《ただよ》っている。

　駅前なんかは既《すで》に気の早いクリスマス商戦を意識した店の宣伝で溢《あふ》れているし、制服の上に薄手のコートを着た僕らも冬の到来が目前に迫っている事を肌で感じ始めていた。

「宗一郎《そういちろう》さんたらね、面白《おもしろ》いの」

「爺《じい》ちゃんが？」

「少し前に、洋子《ようこ》さんが風邪《かぜ》で寝込んだ時の話」

「何かあったの？」

「私がお夕飯作りに行ったら寝てる洋子さんの横で、ずっと難しい顔して腕組みして座ってて」

「……」

「心配だったんだろうけど、洋子さんに『気が散って全然眠れませんよ』なんて言われてて」

「ああー……でも何か想像つくなあ」

「でも洋子さんも満更《まんざら》でもない感じなのが何だか微笑《ほほえ》ましくて」

僕の隣《となり》を歩きながら、同じクラスの日野《ひの》さんが思い出し笑いをしていた。

夏の終わり頃からよく話すようになって、その頃に起こったとある事件以来、頻《ひん》繁《ぱん》に僕の実家である鵜野森神社に出入りしている。

複雑な事情もあって、当時は感情が極端に表に出にくい子だったのだけれど、今では咲《さき》という名前に負けないほど喜怒哀楽《きどあいらく》様々な表情が見られるようになりつつある。

彼女にとってだけではなく、同じ頃、部活で色々あり自分の道を見失っていた僕にとっても、あの一件は大きな転機となった。

日野さんはウチの爺ちゃんと婆《ばあ》ちゃん――朝霧《あさぎり》宗一郎・洋子夫妻から大変気に入られていて、夏の一件以降は孫同然というか、朝霧家において実孫の僕よりも明らかに待遇がいい。

日野さんもまた、一人親である父親が月の半分以上仕事で家を空《あ》ける生活を何年も送ってきた中で、我が家にしばらく滞在した事もあり、ウチの爺ちゃんと婆ちゃんにはとても懐《なつ》いているようだった。

そんな経緯《いきさつ》もあって、今日はまた婆ちゃんに料理を習うという日野さんと一緒に我が家へ向かっているのである。


不意に日野さんのスマホから猫の鳴き声の通知音が鳴る。

「あ、洋子さんからだ」

「何て？」

「『町会の集まりで七時くらいまで宗一郎さんと出かけてきます』……だって」

「何で僕じゃなくて日野さんに送るんだ」

もう完全に僕よりも家族扱いである。

「朝霧君」

スマホをしまいつつ日野さんがこちらを見る。

「洋子さん達が帰ってくる時間まで大分あるし、コーヒー飲みに行こう」

「コーヒー？　圭一《けいいち》さんの店？」

「うん」

日野さんが言っているのは北鵜野森商店街にある喫茶店「アイレン」の事で、ウチの爺ちゃん婆ちゃんよりも少し年上の宵道《よいみち》圭一さんというマスターが経営している店の事だ。

ずっと昔からある喫茶店で、煉瓦《れんが》造りの外装が目を引く個人経営の店舗《てんぽ》である。元々婆ちゃんのお気に入りの店だったのだけれど、日野さんも何度か婆ちゃんに連れられて通っているうちに常連になりつつあるらしい。

僕はどうにも味覚がまだ大人ではないらしくコーヒーの素晴らしさを理解するまでに至っていないのだけれど、それらを幸せそうに味わってコロコロと表情を変える日野さんを見ているのが楽しいので、最近は割と顔を出すようになっていた。

「そうだね。なら寄っていこうか」

「うん」

そういう経緯から、僕らは晩までの時間調整も兼ねてアイレンへ寄る事にしたのである。

店に入ると、ドアに付けられたアナログの鐘がカランと鳴る。

少し冷えた風に晒《さら》されてきた僕らは、店の暖かい空気にほっと安堵《あんど》の息を漏《も》らした。

「や。いらっしゃい、お二人さん」

カウンターで新聞を読んでいた痩身《そうしん》で白髪《はくはつ》の男性がこちらを見て微笑んだ。

「こんにちは圭一さん」

「こんにちは」

僕らは圭一さんに挨拶《あいさつ》をして、カウンター席へ腰を下ろす。

「ん？　御覧の通りボックス席も空いてるけど、カウンターでいいのかい？」

「ああ、いいんですいいんです」

「コーヒー淹《い》れてるところ、見たいので」

「ハハ、これは照れるネ」

苦笑して水とおしぼりを出してくれる。

「で、今日は何にするんだい？」

「……お任せします」

「僕も」

「はいヨ」

そう返事をして、圭一さんは何種類かの豆を取り出した。

店内に流れるジャズの音色《ねいろ》に包まれて目の前でコーヒーを淹れている光景を眺《なが》めているだけで、いつもよりちょっと大人びた気分になるのだから我ながら単純なものだ。

「あ……『テイク・ファイブ』……？」

「お、ご名答。デイヴ・ブルーベックの名盤だね。咲クン凄《すご》いな、若いのに覚えてきたのかい」

「ここに来るようになってから、色々」

曲名なんかさっぱりわからない僕と違って、日野さんは何だか新しい楽しみまで見出《みいだ》しているようだった。

「しかしまあ――」

圭一さんがこちらをチラリと見てニヤリと笑う。

「学校帰りにこんな古い喫茶店でデートとは、今時《いまどき》の子にしちゃ君達随分《ずいぶん》と粋《いき》じゃないの」

「ちょ、ちょっと!?」

「まーた恥ずかしがったりして、イイねえ若い子は」

「か、からかわないでくださいよ本当に――痛い！」

何故《なぜ》かわからないけど、下を向いて顔を赤くした日野さんに腕を抓《つね》られた。

「おや？　違うの？　本当に？　僕ァてっきり君らそういうんだと思ってたんだけどサ」

「……いやまあ……違うというか違わな――痛い痛い！」

何なんだ。

どう答えたらいいんだこれ。

「アッハハ……若いねエ」

圭一さんは僕らのやりとりを眺めて笑っている。

「……そういう圭一さんは昔どうだったんですか」

僕が恨《うら》めし気《げ》に見上げて言うと、圭一さんは少し遠い目になる。

「僕かい？　まぁ、そうだねェ……。大学出て、親父《おやじ》がやってた食堂を改装してこの店始めた頃は、そりゃ僕だってそれなりに青春してたんだヨ」

「その頃って言うと……七〇年代？」

「流石《さすが》に八〇年代に入ってたヨ。まいったな、僕そんなに年寄りに見えるかい？」

「いや、その、あはは……」

いくら背筋もピンとしている紳士といったって、ウチの爺ちゃんや婆ちゃんより歳《とし》は上なのだし、僕らから見たら大差のない話である。

「宗一郎と洋子クンが若くして結婚した頃でね。いやあ、見てる方が恥ずかしいくらいラブラブだったなぁ……。ああ、でもあの二人は今でもそうか」

圭一さんの話に僕と日野さんは顔を見合わせる。

……何だかとんでもない話が飛び出してきたぞ。

「圭一さん」

「その話、詳しく」

身を乗り出す僕らを見て、しまったと思ったのか、

「え、ああー……いやほら、あんまり本人達の許可なく話すのもアレじゃないかナ？」

「残念」

「なら、やっぱり圭一さんの話を」

「一人やもめが長いオジサンの昔話なんて聞いたって面白くもないでしょうに」

「圭一さんには、そういう話なかったんですか？」

……日野さん結構ストレートに凄い事聞くなあ。

「馬鹿《ばか》言っちゃいけないヨ。これでも若い頃は大恋愛だってしたもんサ」

「相手は」

「……近い近い。咲クン近いヨ」

興味のある話題が出ると真顔《まがお》でどアップになる日野さんの癖《くせ》は相変わらずである。

圭一さんは淹れ終えたコーヒーを僕らの前に出し、日野さんを座り直させる。

コーヒーから立ち上る湯気《ゆげ》と一緒に、鼻孔《びこう》を擽《くすぐ》る香りがした。

一口啜《すす》ると、どことなくフルーツみたいな香りと一緒に、ほんのりと酸味が広がってゆく。普段学校の自販機で缶コーヒーばかり飲んでいるので、はっきり言って別の飲み物である。

日野さんは日野さんで何だか恍惚《こうこつ》とした表情でちびちびやっているようだ。

圭一さんはカウンターに肘《ひじ》をついて僕らのそんな様子を見ながら、昔を懐かしむような顔になる。

「……そうだねェ。その人に初めて会ったのは今くらいの季節でネ。丁度《ちょうど》今の君達みたいに宗一郎と洋子クンが二人して並んで座っていて、僕が出した新作のブレンドを試飲してもらっている時に見掛けたのが最初だったんだヨ」

「……見掛けた？」

「……『会った』ではなく？」

僕らが聞き返すと圭一さんは苦笑する。

「最初はそりゃ勿論《もちろん》見掛けただけサ。綺麗《きれい》な女性だったなァ。あの時の衝撃《しょうげき》は今でも胸に残ってる」

「一目惚《ぼ》れ……って奴ですか」

「余計《よけい》に興味湧《わ》いてきた」

……日野さんのテンションが上がって、ちょっと鼻息が荒くなっている。

やっぱり女子はこの手の話に目がないんだな。

「ここからガラス越しに、通りかかったその人の姿がパァッと視界に飛び込んできてネ」

「そんな劇的な一目惚れってあるんですね」

「そりゃあもう、丁度あんな風に――」

通りに面した窓ガラスの前を横切った女性を指して言うと、そのまま圭一さんの言葉が途中で止まった。

「……圭一さん?」

目を見開いて通りの方を見つめていたかと思うと、突然圭一さんは店の外へ飛び出していってしまった。

「ど、どうかしたんですか?」

慌《あわ》てて追いかけて僕達も圭一さんが見ていた方に目をやったけれど、通りにはいつもの商店街の風景があるだけだ。

「……さん」

うわ言のように何かを呟《つぶや》いた圭一さんはその場に立ちつくし、状況が摑《つか》めない僕達は顔を見合わせて首を捻《ひね》る他なかった。

十二月を目前にした北鵜野森商店街。

今にして思えば。

物語は僕らの気付かぬ間に、静かに幕を開けていたのだ。

2

箸《はし》でその身をほぐすと、煮汁を吸った白身から食欲を刺激する香りが立ち上ってくる。

御飯の上で白髪《しらが》ねぎと一緒にきらきらと光って、口へ運ぶ前から頰《ほお》が緩《ゆる》んでしまうほどだった。

「美味《おい》しい……！」

生姜《しょうが》の風味の効《き》いた煮汁に乗って、幸せが沁《し》みわたるようだ。

最近冷えてきたし、煮魚は心身ともに温まるなあ。

「今日はいいのが入ったって言うから、買ってきてよかったわねえ」

「もうヒラメも旨《うま》い時季だからな」

爺ちゃんと婆ちゃんも煮付けにご満悦《まんえつ》の様子だ。

「この先寒くなれば脂《あぶら》ののった魚も種類が豊富になる故《ゆえ》、私の食生活もバラ色であるな」

偉そうな口調でガッツリ人間一人分の煮付けにかぶりついている黒猫が僕の目の前にいるのだけれど、コイツは勿論普通の猫ではない。

「百五十年も生きて、普通の猫には食せぬ味付けも堪能《たんのう》できるようになったのが霊《れい》獣《じゅう》として一番の役得であるな」

猫又《ねこまた》・サクラ。

本人（？）曰《いわ》く、仙狸《せんり》というのが厳密《げんみつ》な分類らしく堕《お》ちた化《ば》け猫と一緒にされるのは不本意である、との事。

日野さんが我が家に出入りするきっかけとなった事件も、元を辿《たど》れば夏の終わりにコイツと出会った事から始まったものだ。

その際にまあ色々あって本来持っていた力の大部分を失い、神社に集まる祈りや願いといった信仰の力で回復を図《はか》りつつ、日々ぐうたら過ごしている。

「お前ほんとよく食うな……」

僕のお財布《さいふ》事情はサクラの猫缶消費によるエンゲル係数の増大によって非常に悩ましい状況が続いている。

アルバイトをしようかと思った事もあったけれど、一時期離れていた部活も再開した事でそういうわけにもいかなくなった現状もあって難しいところだ。

「朝霧君も、部活再開してから少し食べる量増えたと思う」

僕とサクラのやりとりを眺めて、日野さんが言う。

「……え、食べすぎ……かな？」

「ううん。空手部なんだから、そのくらいでいいと思う」

「最近はやっぱり部活のおかげで凄くお腹《なか》が減るようになったのは間違いないかなあ。余計に美味しく感じる」

「……おかわり、あるよ」

「あ、じゃあ貰《もら》っていい？」

「わかった」

僕から茶碗を受け取った日野さんは何だか軽い足取りで台所へ入っていった。

「ね、夢路《ゆめじ》さん」

婆ちゃんが何だか楽しそうに僕の肩を叩《たた》いてくる。

「煮付け、会心《かいしん》の出来だと思わない？」

「え？　うん。凄く美味しいよ」

「咲さん、最近お料理どんどん上手《じょうず》になってってるのよ。今日のヒラメだってちゃんと捌《さば》いて下拵《したごしら》えまでできるようになって」

「全部日野さんが作ったの？」

「ふふ、そうね。今、咲さん機嫌《きげん》よかったでしょう？　私はお惣菜《そうざい》を少しだけ、ね」

日野さん凄いな。僕なんて鰯《いわし》だってまともに捌けないぞ。

「……ひじき、美味《うま》いな」

「あらどうも、ふふふ」

ボソリと呟く爺ちゃんをつついて笑う婆ちゃん。

惚気《のろけ》か。惚気なのか。

「お待ち」

定食屋みたいな台詞《せりふ》で台所から戻ってきた日野さんが僕の前に茶碗を持って。

「……こ……これは……」

茶碗から白米が垂直《すいちょく》にそびえ立っている……。

「えっと……」

「沢山《たくさん》、あるよ」

沢山とかそういう次元の話じゃない。

「…………」

き……期待されている。この超特盛りを平らげる事を。

サクラの方を見ると「満足である」などと言い残してそそくさと居間を出ていってしまった。

婆ちゃんは婆ちゃんで楽しそうにこっちを眺めているし、爺ちゃんでさえ新聞に目を落としつつも小さく肩が震《ふる》えているので笑いを堪《こら》えている節《ふし》がある。

…………最早《もはや》後退は許されない。

僕は腹を括《くく》って再び箸を手にした。


夕食も終わり、食べすぎで僕が呻《うめ》いている横で、日野さんが夕方のアイレンでの話をし始めていた。

「圭一さんの若い頃？」

「昔の恋愛の話になって」

「あらあら」

「……若いモン相手に何を話しとるんだ、あの男は」

爺ちゃんは渋い顔でお茶を啜っていたけれど、

「洋子さんと宗一郎さんが新婚の頃で、ラブラブだったと」

日野さんの言葉に、爺ちゃんが正面の僕に向かってお茶を噴《ふ》き出した。

「……社殿《しゃでん》へ行ってくる」

爺ちゃんは立ち上がると、手拭《てぬぐ》いを僕に放り投げて居間から出ていってしまった。

「理不尽すぎる」

「宗一郎さんたら照れてるのね」

「可愛《かわい》い……」

「人の顔にお茶噴き出しておいて可愛いわけないでしょ」

僕は手拭いで顔を拭《ふ》いた後、裏返してテーブルを一拭きするとやはりお腹が苦しいのでゴロンと横になった。

ああ、この時季のコタツの引力は強力だなあ。

「けど、その頃の圭一さんの恋愛話っていったら……」

頬に人差し指を当てて婆ちゃんは何やら記憶《きおく》を手繰《たぐ》り寄せているようだ。

「何か店に爺ちゃんと婆ちゃんがいる時に、表を通りかかったのを見掛けたのがきっかけだったとか何とか言ってたけれど」

「ああ、じゃあやっぱりそうだわ」

どうやら心当たりがあるらしい。

「詳しく」

日野さんが真顔でまた身を乗り出している。

「うーん。でも圭一さん本人からその先を聞けていないのなら、私があんまり喋《しゃべ》っちゃうのもね」

「……残念」

まあ確かにプライベートな話だからなあ。

「でも圭一さん、何年経《た》っても忘れられないのねぇ」

婆ちゃんは何だか一人でしみじみし始めてしまった。

「やっぱり、そこを詳しく」

日野さんはやはり興味津々《きょうみしんしん》な様子で、また婆ちゃんに詰め寄っていたけれど、

「ふふ、じゃあ咲さんのお話も聞かせてもらいながらにしましょうか」

……などと婆ちゃんが言いだすと、日野さんが急に寝ている僕の頭の上から座布《ざぶ》団《とん》でボスンと蓋《ふた》をしてきた。

「うわっ、ちょっと!?　何!?」

いきなり視界が真っ暗になってバタバタもがいてみたけれど、

「何でもない。何でもない」

日野さんが何だか必死で押さえ付けてくる。

「あらあら」

可笑《おか》しそうに笑う婆ちゃんを余所《よそ》に、コタツの熱と日野さんの座布団押さえ込みによって僕はすっかりのぼせてしまうのだった。


都心から離れた鵜野森町の星空は、高台から眺めるとずっと遠くまで霞《かす》むことなく続いていて、頭上にはもう冬の大三角も瞬《またた》いているのを見る事ができる。

国道からも少し離れた鵜野森神社には車の騒音も届かない。

星と月の明かりだけが境内《けいだい》を照らす、静かな夜だ。

部屋着の上からコートを羽織《はお》ってベランダから星空を見上げていると、後ろのガラス戸がカラカラと音を立てた。

「……いた」

マグカップを二つ持った寝間着《ねまき》姿の日野さんがベランダに出てくる。

夏の事件の時から日野さんは我が家の客間でちょくちょく寝泊まりするようになっていたから、寝間着姿にはもう驚かないようになっていたけれど。

「流石に寒いんじゃない？」

「星が凄い、……でも、寒い」

言わんこっちゃない。

僕は自分が着ていたコートを日野さんの肩にかけてから一旦自分の部屋へ行き、制服の上着を羽織って再度ベランダに出る。

「……ヘンな格好《かっこう》」

上だけ制服姿の僕を見て、持っていたマグカップの一つを渡してくる。

カップに入ったココアからは甘い香りと湯気が立ち上っていた。

「仕方ないでしょ。コート、日野さんが着てるんだし」

「まあ、そうだね」

マグカップを受け取りながら、寒さで少し赤くなった日野さんの顔にドキッとして僕は思わず少し目を逸《そ》らしてしまう。

「もうじき年末かぁ」

「うん」

「何だか夏から色々あったなぁ」

「朝霧君のせい」

「え」

「冗談《じょうだん》」

ココアをちびちび啜りつつ、星を見上げて日野さんが言う。

「みんなのおかげ。サクラも、宗一郎さんも、洋子さんも。商店街の人達も」

「うん」

「勿論……朝霧君も」

「……うん」

「あのままだったら、きっとこの空も綺麗だなんて感じなかった」

夏の終わり。

過去の忌《い》まわしい因縁《いんねん》に絡《から》めとられた日野さんに引き寄せられたとある怪異《かいい》と僕らは対峙《たいじ》した。サクラを含め皆の助力、そして最終的には日野さん自身が過去の因縁と向き合い、それを乗り越える事で、何年も止まったままだった彼女の心は動きを取り戻したんだ。

でも、本当はそれで終わりじゃない。

「これからだよ」

「……？」

僕も日野さんに倣《なら》って空を見上げて言う。

「これから沢山綺麗なものを見て、楽しい場所に遊びに行って、美味しいものを食べて。沢山笑っていいんだ」

「……うん」

失った時間の埋め合わせ。

人に意思を伝え、人の意思を汲《く》み、時には衝突し、時に支え合う。

今の日野さんに必要なのは、きっとそういう経験を沢山する事だ。

「私も皆と、もっと笑いたい」

視線を下ろした日野さんが、僕の方を見て言う。

「色んな人に助けてもらったから。色んな人の力になって、それで一緒に笑えたらいいなって思う」

「きっと、そうなれるよ。……少なくとも僕はもう、充分助けてもらってる」

「……そう、なの？」

「あの件に関わらなかったら、僕もずっと前を向けなかったと思う」

「…………」

「だから、きっと大丈夫。もう目の前の困難から目を逸らしたりしないでいられると思う」

「差し当たっては、期末テスト」

「それからは目を逸らしたいな……」

藪蛇《やぶへび》だった。

「……というか、僕今ちょっといい話してた気がするんだけど台無《だいな》しだよね」

「不安な科目、ある？」

「物理と数学をお願いします」

僕が頭を下げると、

「じゃあ、来週からテスト勉強だね」

日野さんはまたココアを啜り、星明かりの下で小さく微笑んだ。

3

翌朝、食事を終えた僕が日野さんを駅前まで送るために玄関を出ると、社殿《しゃでん》の屋根の上に座っていたサクラに声をかけられた。

「二人とも、ちとよろしいであるか？」

屋根の上からひょいと身を躍《おど》らせ、器用に一回転して着地する。

「このところ、私の知らぬ霊気がこの界隈《かいわい》で感知される事があるので、何か気付いたことがあれば知らせてほしいのである」

「それって……」

「また、何かの妖《あやかし》？」

日野さんは眉を顰《ひそ》める。

例の一件で散々《さんざん》苦労した記憶があるだけに、当然といえば当然だ。

「ふむ。それがちと妙でな。時折反応が現れてはまた霧散《むさん》するように微弱《びじゃく》になっておる。消滅寸前なのか、誕生目前なのかはわからぬが。……まあ、いずれにせよ大きな力は感じられぬし、それに――」

「それに？」

「妖も人に害為《な》すモノだけではないのである。私のように人と共存して生きるモノもいる故」

妖といっても色々で、サクラのような霊獣は、信仰や祈りなんかの善の心が集まる神社などから力を貰っているらしい。

同じ猫又でも嫉妬《しっと》だとか恨みだとかの憎念《ぞうねん》を糧《かて》にしていると化け猫としてあれこれ人の世に害を為すという話だった。

ともかく、今回のそれが悪いモノでないのなら、あまり気にしていても気疲《きづか》れするだけだ。

「お前は焼き魚と猫缶さえあれば誰とでも共存できるだろ」

「深夜に食す猫缶の魔力は恐ろしいのであるな」

「サクラ、最近ちょっと丸くなった気がする」

「にゃんという夜食の落とし穴……、ともかく二人とも何か気付いたら宜《よろ》しく頼むのであるぞ」

　真面目《まじめ》な話をしながらも身体《からだ》を捻って腰回りを気にし始めたサクラをひとしきりからかった後、僕は日野さんを送るついでに駅前へと向かった。


　駅前では気の早いクリスマスソングが流れていて、それっぽい飾りつけやなんかもちらほら出始めている。

　まるで皆で足並み揃《そろ》えて冬へ雪崩《なだ》れ込むみたいに背中を押されているようだ。

　駅前のＣＤショップで日野さんの買い物に付き合った後、書店で僕が文庫一冊を買ってから近くのコーヒーショップで一息ついているのだけれど。

　さっきからジャケットを眺めてはうっとりしている日野さんの表情の変化を見ているのが非常に面白い。

「どんな曲を買ったの？」

　カフェオレを啜りながら僕が聞くと、

「ビル・エヴァンスっていうアメリカのジャズ・ピアニストの『マイ・フーリッシュ・ハート』っていうバラード」

　そう言って日野さんは色んな角度から眺めている。

上から見ても下から見ても物が変わるわけではないのだけれど、僕もとても欲しかったハードカバーの小説なんかでやった覚えがあるので気持ちはわかる。

「よっぽどお気に入りの曲？」

「……初めて洋子さんとアイレンに行った時に、かかってた」

「えっと……それって、ウチに出入りし始めた頃？」

「うん。圭一さんに曲名教えてもらって探してたの。洋子さんと沢山お話をした時に流れてたんだ」

「………」

「とても大事な曲」

そう言って日野さんはそのCDを大切そうに抱きしめる。

僕はその時同席していなかったから何があったのかはわからないけれど、日野さん自身一番大変な時期だったたし、色々と印象深い出来事が多かったんだと思う。

寛容《かんよう》さの化身《けしん》みたいな婆ちゃんの存在なしには、今こうして多様な表情を見せている日野さんの姿はなかったと思うし、婆ちゃんには感謝の念にたえないな。

「……そろそろ帰って、洗濯とかしなきゃ」

しばらく雑談した後、ふと時計に目をやった日野さんがCDを鞄《かばん》にしまう。

実質一人暮らしに近い日野さんは、家事全般を一人でやっているのだから凄いものだ。あまり時間を圧迫するのも申し訳ない。

「僕も爺ちゃんが夜にまた稽古《けいこ》つけるとか張り切ってたから、帰って準備しようかな」

「テストの準備も」

「それは忘れたかった」

丁度オチがついたところで店を出た。

鵜原循環《うのはらじゅんかん》のバス停まで送っていくと丁度バスが停車していたので、僕らはそこでお開きにする事となった。

「あれ、夢路君。今、帰りかい？」

商店街まで戻ってくると、スーツ姿の圭一さんとばったり遭遇《そうぐう》した。

「圭一さんこそ、お店休みにしてどこか行ってたんですか？」

「え？　ああ。旧《ふる》い知り合いの命日《めいにち》でね。墓参りサ」

なるほど、だから黒のスーツなのか。

「ちょっと寄ってくかい？　コーヒー一杯御馳走《ごちそう》するからサ」

「いいんですか？」

「いいのいいの、今日は営業日じゃないんだし。自分の淹れるついでだヨ」

カラカラと笑い、店の中へ入っていく。

僕もその後に続いた。

留守にしていたので店の中は流石に寒い。

「今エアコンつけるからサ。ちょっと我慢しててネ」

圭一さんもエアコンのスイッチを入れてからしばらくの間、上着を羽織ったままだった。

やがて圭一さんが淹れ終えたコーヒーが僕の前に置かれる。

「砂糖とミルク、要《い》るかい？」

「……お願いします」

「ハハ。やっぱり咲クンの前で珍しくブラックのまま飲んでたのは見栄《みえ》張ってただけだったか」

僕の顔を見た圭一さんがニヤリと笑う。

「いや、まあ……」

香りも風味《ふうみ》も缶コーヒーなんかとは比べるべくもないっていうのはわかるのだけれど、僕の味覚はまだ砂糖とミルクが沢山入っている方を好んでしまうのは否定できない。

けれど日野さんがブラックを恍惚とした表情で味わっている横でそれらをたっぷり入れるのもなんというか……ちょっぴり悔《くや》しい。

……まあ僕はどうせお子様舌《じた》ですよ。

圭一さんから貰った砂糖とミルクをコーヒーと混ぜ合わせる。

うん、ほら、これだってちゃんと芳醇《ほうじゅん》な香りとかもそれなりに感じられる。

……多分。

「しかしアレだねぇ。この歳で店なんてやってると、仕入れか冠婚葬祭か墓参りくらいしか町の外に出かけなくなっていくのを実感するヨ」

圭一さんはコーヒーをちびちびやりつつ、何だかしみじみし始めてしまう。

「……前途ある学生の先行きを塞《ふさ》ぐような事しみじみ言わないで下さいよ」

「おっと、ハハハ。こいつは失敬。いやぁ駄目《だめ》だネ。つい昔を懐かしんでノスタルジックになっちゃうもんだ」

苦笑しつつ圭一さんは煙草《タバコ》を取り出した。

「圭一さん吸うんですね、煙草」

「ん？　まァほら……お客の前では吸わないけれど、今日は営業日じゃないしサ。勘弁《かんべん》してネ」

「僕は大丈夫です」

「ん。ありがとう」

そう言って圭一さんは一服ふかすと、少し遠い目でガラス越しに外の景色《けしき》に目をやった。

立ち上る煙は天井《てんじょう》まで届く前に薄らいで見えなくなっていく。

不意に小さく、圭一さんが何かを口ずさみ始めたのに気付いた。

洋楽みたいだけれど。

「それ、何の曲なんですか？」

「ん？『サム・アザー・タイム』って古い曲でね。昔に想いを馳《は》せたいこんな気分の日にはもってこいの曲なんだヨ」

そう言うと圭一さんはオーディオのリモコンをちょんちょんと操作《そうさ》する。

少しすると店内にゆったりとしたピアノとウッドベース、それと柔らかい雰囲気《ふんいき》の女性の歌声が流れ始めた。

優しいけれど、どこか寂《さび》しげな。

郷愁《きょうしゅう》の彼方《かなた》へ過ぎ去った時間を慈《いつく》しむような歌声だった。

「ビル・エヴァンスのピアノがまたイイんだ」

「……あれ？　それって日野さんが今日買ってたCDのアーティストと一緒だ」

「おや。じゃあ、ひょっとしてアレかな。曲名『マイ・フーリッシュ・ハート』じやない？」

「確か、そんな感じのでした」

「アハハ、やっぱり」

そう言うと圭一さんはまたリモコンを操作する。

曲が切り替わって、スローテンポのピアノが聴こえてきた。

「これ、インスト曲なんですね」

「歌付きのもあるんだけれどね。このセッションではピアノとドラムとベースだけなんだヨ」

圭一さんは目を閉じて聴き入っている。

日野さんも今頃これを聴いてるんだろうか。

派手《はで》さはなく緩急《かんきゅう》をつけて紡《つむ》がれるピアノの音色《ねいろ》は楽しいような、けれど少し不安気でもあるような。

期待と困惑《こんわく》を混ぜこぜにしたような、どこか幼さも匂《にお》わせる曲のように感じた。

「何か、日野さんが婆ちゃんと初めてここへ来た時に聴いた曲だとかで」

「うんうん」

「とても大事な曲なんだって言ってました」

「ハハ、そうかそうか、この曲がねェ。ンッフフ、いやあ……若いってイイなァやっぱり」

圭一さんは楽し気に笑う。

……僕、何か面白い事言っただろうか？

大人な雰囲気の曲が流れる中で甘いコーヒーを飲みつつ、僕は首を捻るしかなかった。

幕間　郷愁の彼方

夢路《ゆめじ》君が帰った後、僕は店の掃除やら食事の仕込みやらを一通り済ませてからまた、カウンター席に座ってビルのピアノに耳を傾けていた。

気が付けば、もう夜も遅い時刻になっていた。

アルバムももう何周かしていて、曲が再び『マイ・フーリッシュ・ハート』に切り替わる。

「大事な曲、かァ」

夢路君この曲はね、戸惑《とまど》いながらも恋を自覚した女性の心を綴《つづ》った曲なんだヨ。教えてあげなかったのはちょっと意地悪だったかな?

いやいや、そりゃァいくらなんでも咲《さき》クンに対して野暮《やぼ》ってものか。

傍《はた》から見ていて微笑《ほほえ》ましいくらいの二人だから、余計《よけい》な茶々《ちゃちゃ》は入れないのが筋《すじ》ってモンでしょう。

「若い時分の宗一郎《そういちろう》と洋子《ようこ》クンをからかって過ごした店で、孫の夢路君の恋模様を見守る事になるとはねェ」

時代とともにこの店を訪れる顔ぶれは変わっていったけれど、朝霧《あさぎり》家の家族のように繋《つな》がっていく縁もある。

宗一郎の娘の淑乃《しゅくの》クンも学生時代はよく顔出してくれていたっけ。

勝ち気で自由で奔放《ほんぽう》で、洋子クンとは違った輝きを持った太陽みたいな娘さんだった。

早世《そうせい》した彼女の人生が果たして幸せなものであったのか。

実際のところは僕にはわからないけれど、ああして健《すこ》やかに育っている夢路君を見ている限り、淑乃クンの残した我が子への愛情は、宗一郎や洋子クンを通してきちっと受け渡せているのかなという気はする。

多くの人達がこの店で様々な時間を過ごしていくのを見た。

時に思い悩み、時には笑って。

僕はそんな彼らの横顔をこの場所から眺《なが》め、その行く末の幸せを願うのが好きだった。

「この花みたいに、人の幸せを見届けるのが役目になってきちゃったなァ」

カウンターの片隅に、帰り道に買ってきた鉢植えを置いた。

淡い赤紫の花弁《はなびら》が空調の風で微《かす》かに揺《ゆ》れる。

店の名と同じ、アイレン。

「こうして季節外《はず》れの花でも手に入るんだから、ハウス栽培《さいばい》も捨てたもんじゃないネ」

この花は、人の幸せを願う花。

――どうか、お幸せに――

そんな想いを象徴《しょうちょう》する花の名前をこの店の看板に貰《もら》って、この店を長い事やってきた。

けれどまァ、僕だっていい加減、歳《とし》も歳だ。

幸い大病を患《わずら》ったりはしていないけれど、この店だって正直あと何年続けられるかわからない。

足腰弱ってきてるのは騙《だま》し騙しやっていって、彼らの幸せを祝ってあげられる時まで元気でいられたら、それで引退してもいいのかもしれないな。

――ただ。

「…………」

鉢植えのアイレンにそっと触れた時、自分の口から小さく零《こぼ》れたのは。

「できればもう一度、会いたかったなァ」

セピアに褪《あ》せた遠い過去に置いてきた未練が蘇《よみがえ》った故《ゆえ》だったのか。

「――さん」

最早《もはや》触れる事のできない、思い出の中の人の名前だった。

第二章　面影

1

唸《うな》ったところで目の前にある虚数絡《きょすうがら》みの問題が勝手に解けるわけではないのは重々《じゅうじゅう》わかっているのだけれど……。

数学Ⅱは僕にとって期末テストを無事乗り越えるにあたって最大の難敵である。何気《なにげ》に日野《ひの》さんが理数系に強い事を中間テストの時に知り、今回教えてもらう事になった。とはいえ、多少は自力《じりき》でやっておかないと日野さんの時間を浪費《ろうひ》させるだけになってしまいかねない。流石《さすが》にそれは心苦しいので、こうしてかれこれ数時間、練習問題と格闘しているのだ。

「――んーっ」

椅子《いす》の背もたれに寄りかかって背伸びをひとつ。

「さっきから数字と記号が顔に貼《は》り付いておるのであるな」

僕のベッドの上でゴロゴロと転がりながらサクラが冷やかしを入れてくる。

「苦手《にがて》なんだよ数学」

「日々の糧《かて》を自《みずか》ら稼《かせ》がずとも生きていけるうちに、苦手な事とも折り合いをつける経験をしておくのは悪い事ではないのであるぞ、ご主人。稼ぎのために働き始めたら、得手《えて》だの不得手だのと言ってはおられぬであろう故《ゆえ》に」

「……お前、時々含蓄《がんちく》ある事いきなり言うよな」

「伊達《だて》にお侍《さむらい》がその辺歩いている頃から生きてるわけではないのである」

江戸時代から生きている猫に言われてしまうと言い返す言葉もないというものだ。

渋々《しぶしぶ》机に目を戻すと、スマホの通知ランプが光っている。

『がんばって』

「…………」

日野さんは日野さんで千里眼《せんりがん》でも持っているかのようである。

でも、まあ。

　こうなると、何とかして惨憺《さんたん》たる結果は回避したい。

「……もうひと頑張りするかあ」

「知恵熱でも出しそうな顔をしていたかと思えば、急にニヤニヤし始めて薄気味悪い事この上ないのである」

　ひどい言われようだ。

　しかし、やる気は幾分復活したとはいえ、長時間机に向かっていたせいで眠気までは払拭《ふっしょく》できない。

「サクラ、ちょっと空気入れ換えたいから窓開けるぞ」

「む、せっかく人が暖房でぬくぬくゴロゴロしているというのに何という理不尽を」

　そう言ってサクラは掛け布団《ふとん》の中にモゾモゾと潜《もぐ》り込んでしまった。

　……少し前まで野良《のら》だったとは思えない程に野性《やせい》が消え失せているな、コイツ。

　呆《あき》れながら窓を開けると、ツンとした空気が入ってくる。

「うーん」

　ボーッとしていた頭が冴《さ》えわたるようだ。

　五分も換気すれば、もう一時間くらいはやれそうだ。

「ご主人」

「何だよ、布団かぶってるんなら少しくらい我慢できるだろう」

「いや、ちと開けたままにしておくのである」

布団から抜け出したサクラは窓の縁《ふち》に飛び乗って外の様子をうかがい始めた。

「何だよ急に」

「……やはり希薄《きはく》ながらも私の知らぬ霊気《れいき》を感じるのである」

「それって、今朝《けさ》言ってたやつ？　近くにいるのか？」

身を乗り出して外を見てみたけれど、案《あん》の定《じょう》、僕にはさっぱりわからない。

「——ふむ。近いとは思うのであるが、こうも反応が弱いと中々……」

「頼りないなあ」

「むっ！　いくら私が毎日毎日境内《けいだい》の陽だまりでごろ寝をしつつ日々新作猫缶を食し、時折商店街へ下りていっては魚屋で鰯《いわし》を頂《いただ》いたり肉屋で鶏《とり》のささみを頂いたりする生活を謳歌《おうか》しているとはいっても、霊験《れいげん》あらたかな霊獣《れいじゅう》である事は変わらないのであるぞ。ご主人は霊的なモノに対する畏敬《いけい》の念が些《いささ》か足りないのではないか？」

「お前、魚屋だけじゃ飽き足らず肉屋にまで入り浸《びた》ってるのか……！」

胸を張って威張り散らしているサクラの頬《ほお》を摑《つか》んでムニムニとこね回す。

「ぬおお、やめてやめて。むう……、このままでは私の威厳《いげん》が失墜《しっつい》してしまいかねないのであるな……」

「失墜するような威厳なんて元々ないだろう」

「言いおったであるなご主人、よかろう見ておるがよい……！」

言うが早いかサクラの身体《からだ》が光を放ったかと思うと、次の瞬間には和装の女性の姿をとっていた。

見た目は二十歳《はたち》前後。

流れるような長い黒髪をたたえ、切れ長の目には自信が溢《あふ》れている。

サクラが霊気を練り上げて変化《へんげ》する人型形態である。

妖魔退治《ようまたいじ》の際や複雑な術式《じゅつしき》を使ったりする際にはこの姿をとる事が多い。

猫形態の時にはサクラの言葉は霊感がある程度ないと聞き取れないのだけれど、この姿の時には言葉も普通の人に対して通じるし、姿も人の姿で見えるらしい。

余談だが、漫画で見かけるような猫耳がついていたりはしないのであしからず。

「いきなり変化なんてするなよ、びっくりす――」

「では行くぞ、ご主人」

僕が文句を言い終える前に、僕の身体を抱《かか》えて窓から跳躍《ちょうやく》した。

「うわぁぁ！」

いきなりの事で僕の頭で処理が追い付かないうちに、サクラは社殿《しゃでん》の屋根の上に着地した。僕をその場に下ろすと、サクラは懐《ふところ》から何枚かの札《ふだ》を取り出して頭上に放り投げる。

『眼《め》に見えぬ元津氣《もとつけ》は　百不八十《ももたらずやそ》の神氣《かみき》を生給《なしたま》ひ』

力ある言葉に応《こた》えるように宙《ちゅう》に舞った札がサクラの周囲を廻り始め、ほのかに白い光を帯びていく。

「ふふん」

サクラは僕の方を見て得意気《とくいげ》な笑《え》みを浮かべた。

「ご主人が頼りないと言った私の探知能力の本領《ほんりょう》、今こそ見せてくれようぞ」

「上着も着ないうちに連れ出されたから寒いんだけど」

「……身も蓋《ふた》もない反応であるな」

部屋着に裸足《はだし》で寒空の下に連れ出された身にもなってほしい。

「けどお前、まだ万全じゃないのに変化なんかして大丈夫なのか？」

夏の一件で霊力の大半を使い切り、ここのところ専《もっぱ》ら回復という名目で自堕落《じだらく》生活に専念していたはずだ。この姿そのものが霊気の塊《かたまり》であるらしいので、変化は結構な負担なのではないだろうか。

「伊達にあれ以来食《く》っちゃ寝《ね》生活に徹してはおらぬ。荒事《あらごと》でなければ支障《ししょう》はないのである」

サクラが何かの印《いん》を切ると、やがて周囲を廻っていた札のうちの一枚がピタリと動きを止める。

「ふむ、微弱ではあるが尻尾《しっぽ》を摑んだであるぞ」

「やっぱり妖《あやかし》がいるってこと？」

「うむ。だが反応はやはり弱い。殆《ほとん》ど力はないと言ってもよいであるな」

「じゃあ騒がなくてもいいって事だろう」

「しかし、そやつの正体を摑んでみせん事には、ご主人は私の力を見くびったままであろう」

言いながら僕の胴に腕を回すサクラ。

「いや、もうわかったから早く部屋に戻――」

「行くぞご主人、月夜の散歩である！」

「人の話を聞けーッ！」

僕の訴えは、夜空に溶《と》けて消えうせた。

「……寒い」

「情けないであるな、ご主人」

夜中の北鵜野森《きたうのもり》商店街には深夜営業している店舗《てんぽ》はないので人目に付かないとはいえ、部屋着で靴も履《は》かずにこんな所をうろついているのを誰かに見られたら何かと思われるだろう。

寒さも堪《こた》えるし、もうこうなったらできるだけ早く事を済ませ、サクラを満足させてウチに帰るほかない。

「それで、詳しい場所はわかるのか？」

「その札が指し示すには、もうすぐそこのようである」

僕らの十メートルほど前方を淡く光る札が浮遊《ふゆう》している。

冷静に見るとシュールな絵面《えづら》だ。

その札の後をついていくと、段々商店街の入り口近くへ向かい、やがてそれは煉《れん》瓦《が》の壁の店の前で動きを止めたようだった。

「アイレン……？」

「ふむ。私はよく知らぬ店であるな」

「日野さんと婆ちゃんがよく通ってる喫茶店だよ」

「ああ……、あの〝こおひい〟という苦《にが》い汁物を出す店であるか」

「でも、何で圭一《けいいち》さんの所なんかに……って、店……明かりがついてるな」

　僕がコーヒーを御馳走《ごちそう》になったのは昼間だし、明日の準備にしたってもうこんな時間だ。

「何もなければいいけど――」

　僕がそう言いかけた時、パァッと一瞬青白い光がアイレンの店舗部分から発せられた。

「むっ！」

「店の照明の光じゃないぞ、あれ」

　僕らは顔を見合わせ、アイレンの前に急ぐ。

「うわぁっ！」

　店の中から確かに聞き覚えのある声が聞こえた。

「サクラ、今のは圭一さんの声だ！」

「確かに中から霊気は感じるが……。ええい、考えていても仕方あるまい！」

　幸いまだ施錠《せじょう》されていなかった店のドアを開け、僕らは店内に突入した。

「……人？」

　人が浮いている。

　淡く青白い光を纏《まと》い、人――女性が浮かんでいる。

以前に見た雨の妖のような異形《いぎょう》のものではなく、それは本当に、まぎれもなく人間の姿をしていた。

その向こう側には、へたり込んだ圭一さんの姿が見える。

「圭一さん！」

「ゆ……夢路《ゆめじ》君？」

驚いた圭一さんがこちらを見て目を丸くしたけれど、説明している暇はない。

「サクラ！」

「うむ。そこな妖、悪いが一旦拘束《こうそく》させてもらうのである！」

サクラは何枚かの札を取り出し何かの詠唱《えいしょう》を始めたが、

「け……い……ち……」

女性の姿をとった妖（？）は店の床に着地すると同時に身体から光が消え、圭一さんに向かって何かを呟《つぶや》いた後、その場に倒れ伏してしまった。

「……サクラ？」

「いや、私はまだ何もしておらぬのであるが……」

拍子抜《ひょうしぬ》けしたサクラも取り出した札を持て余して手の中でいじり始めている。

「圭一さん、大丈夫ですか？　怪我《けが》はしてないですか？」

「え……あ……ああ、僕は大丈夫だヨ。しかしこれは一体……。それに夢路君は何でこんな時間にそんな寒そうな格好で……、それに、その着物のお嬢さんは……？」

「あー……いや、えっと」

何から何まで圭一さんからすれば意味がわからないだろうし、説明すべき事が山積みになってしまった。

「とりあえず、その妖は神社へ連れていった方がよかろう。負に堕《お》ちていれば無力化できるし、そうでなければ影響はない故、処遇《しょぐう》を決めるにもその方がよいのである」

サクラの言い分はもっともだったが、圭一さんが割って入る。

「ちょっと待ってくれ！　何だかまだよくわからないけれど、そこに倒れている人を……僕は知っているんだ」

カウンターに置かれた見知らぬ花が、かすかに揺れた気がした。

2

「どういうこと」

目の前に日野さんが真顔《まがお》で迫っている。

「……近い近い。日野さん近いよ」

「私が知らない間に朝霧君の家に妖が増えたって、何がどうなってるの」

「いや……どうなった、と言われても……、僕らも正直まだ詳細がわからないんだよね……」

翌日。

昼食後、図書室で期末テストの勉強の合間《あいま》に、日野さんに昨晩の事をチラッと話したのだけれど。

案の定、彼女恒例の興味津々《きょうみしんしん》スイッチが入ってしまったのである。

「わかってる限り詳しく」

「……はい」


——あの後。

状況が一番わかっていないであろう圭一さんを放っておくわけにもいかず、妖と思《おぼ》しき女性を担《かつ》いだサクラとともに我が家へ戻ったのだけれど……。

二階で勉強していたはずの孫が玄関から薄着に裸足で震《ふる》えながら帰宅して、しかも見知った喫茶店のマスターと気絶した若い女性を連れていた時の心境というものは、僕が初めて日野さんを我が家に連れていった時よりも形容しがたいものだったかもしれない。

「………」

「……いやしかし……ハハ、まいったね」

「………」

「……ハハ……」

爺ちゃんの視線に耐え切れないのか、圭一さんが僕の方をチラリと見て苦笑《にがわら》いする。

爺ちゃんよりも圭一さんの方が年上のはずなのだけれど、何せこういう状況ではウチの爺ちゃんを中心に張り詰めた空気が場を支配してしまっていてどうしようもない。

居間には現在、爺ちゃんと僕、そして圭一さんという異色の取り合わせである。この状況では僕には間《ま》を持たせる手立てなどなく、はっきりいって居心地が悪い事この上なかった。

「三人とも、お待たせしちゃったかしらね」

言いようのない沈黙が続いた後、気を失った妖と思しき女性を客間に連れていった婆ちゃんとサクラが居間に入ってくる。婆ちゃんがいるだけで部屋中に満ちた緊張感が幾分和《やわ》らぐのだから不思議なものだ。

ちなみにサクラはまだ人型形態をとったままである。

「ご主人、少々詰《つ》めて座るのである」

そう言って僕の隣に無理矢理腰を下ろす。

……コタツに五人は狭いのだけれど、何で猫に戻ってないんだコイツは。

――ああ、猫だと爺ちゃんや圭一さんと言葉が通じないからか。

それにしたってこの構図はシュールすぎるぞ。

「――で」

何ともいえない居心地でいると、爺ちゃんがお茶を一口啜《すす》ってからようやく口を開いた。

「簡潔《かんけつ》に状況を教えてくれんか」

……何で僕を睨《にら》むかな。

僕はサクラの方にチラリと目をやり、肘《ひじ》でつつく。

サクラも爺ちゃんの眼光に少し引き攣《つ》った笑みを浮かべつつ話し始める。

「あー……その、では私から。……ご主人が私の力を甘く見おった故、丁度《ちょうど》ここ数日この近辺に集まっておった私の知らぬ霊気の出所《でどころ》を突き留めて鼻を明かそうと思ったのであるが……、辿《たど》り着いた先に先程の者が現れおったのである。まあ、現れた途端《とたん》に倒れ伏してしまったわけであるが」

さりげなく僕が発端《ほったん》みたいな言い回しにしてるぞコイツ……。

「そうするとあの女性もまた、人外《じんがい》の類《たぐい》という話か」

「まあ、おそらくは」

「やれやれ……」

爺ちゃんは額《ひたい》のあたりに手をやりながら溜息《ためいき》をついた。

まあ無理もない。

この数ヵ月で二度も妖を目《ま》の当たりにする事になったのだし、霊感のない爺ちゃんにとっては縁遠いはずのジャンルの話がポンポンと湧《わ》いて出ては頭が痛くなるのも――あ。

僕はそこで圭一さんの方をチラリと見る。

夏の一件を知っている爺ちゃんはまだしも、一番状況が呑《の》み込めていないのは圭一さんなのだし、予備知識なしで今のサクラの話を聞いたって理解できるとも思えない。

実際、圭一さんはさっきから鳩が豆鉄砲を喰《く》らったみたいな表情のままである。

さてこのオカルト要素満載《まんさい》の話をどうやって説明したものか……。

「ええっと、圭一さん。多分、状況摑めてない……ですよね？」

「ああ、ええと……。店に現れたあの人が普通じゃないって事と、そこの着物のお嬢さんの言ってる事からして……、こりゃ僕の理解の範疇《はんちゅう》を超えちゃってるし、久々に洋子《ようこ》クンの専門分野って事なのかなっていう気はするけれど」

「え？」

圭一さんの意外な反応に、今度は僕の方が目を丸くしてしまった。

「……もしかして圭一さん、案外こっちの分野の話わかってたりします？」

「ああいや、僕自身はそういうのサッパリなんだけれどネ。ただもう若い頃から洋子クンの周りにはそういう類の話がいくつもあったからサ」

僕とサクラが揃《そろ》って顔を向けると、婆ちゃんは頬に手を当てて恥じらうような素《そ》振《ぶ》りを見せる。

「あら何ですか二人とも。こんなお婆ちゃんの顔をジロジロ見たって何にも出ませんよ。ウフフ」

……我が祖母ながら謎《なぞ》が多い人である。

「昔の話は今はいい。あの人の形《なり》をした妖が……つまるところ何者なのかという話だ」

爺ちゃんがお茶を啜りつつ本題に戻す。

「……うむ。それであるが……、現状あれが目を覚《さ》まさぬ限り詳細はわからぬというのが正直なところである。……だが見たところ、霊気の質は陽《よう》の気による流れで構成されているのである」

「つまり、悪い妖じゃない……って事？」

「人に害を為《な》す類ではないと言えるとは思うのであるが……。ううむ」

　適切な回答が中々思い浮かばないのか、サクラは腕組みをして眉間《みけん》に皺《しわ》を寄せている。

「何というか、そもそも善悪以前に、元々高くない霊気の殆どを実体化する事に費《つい》やしているようなのであるな」

「……どういうこと？」

「要するに、どのような妖かを簡潔に述べれば……、あのような人の形を成《な》しているだけの妖……というわけである」

　そこに実体化するためだけに全部の力を使ってる？

「そんな妖、いるのか？」

「ふむ。そこが一番謎めいた部分であるのであるが。妖の妖たる根っこの部分が見えぬ」

「…………根っこ？」

　どういう意味だろうか。

「世に存在する妖という存在は、古来から人間社会の中に漠然《ばくぜん》と在る『目に見えぬモノ』への信仰・畏敬・畏怖《いふ》等の概念が口伝《くでん》や伝承《でんしょう》・果ては噂話《うわさばなし》や怪談話と人の間を渡り歩く間に固定化し、実際に意思を持った怪異と成ったモノ達である。私も然《しか》り、先の一件で出会った雨の妖も然り」

なるほど。

怪談から生まれた猫又《ねこまた》や、地方の民間伝承が変容した雨おんばには、大本《おおもと》になった怪異譚《たん》が存在する。

けれど人の姿をとってそこに存在するだけの妖というものには思い当たる節《ふし》がないという事か。

「強力な力も持たぬ者が無理に実体化し続ける事に意味があるとも思えぬが」

「……私もちょっと今は見当がつかないわね」

我が家でオカルト方面に強い二名に心当たりがないのであれば、僕や爺ちゃんにわかるはずもない。

ましてや圭一さんには――。

「――あ」

そこまで考えて、一つ失念《しつねん》していた事を思い出す。

いや、妖の正体に繋《つな》がるかは僕には何とも言えないのだけれど。

「圭一さん、そういえば店を出る時にあの妖について何か知ってるって言ってませんでしたっけ」

　妖の正体を知るための情報は一つでも多い方がいい。

　僕が尋《たず》ねると圭一さんはどことなくバツの悪いような表情になった。

「うん、それなんだけれどネ。……驚くほど似ているんだヨ。僕の知っている女性に」

「アイレンの常連さんか何かって事ですか？」

「いやまァ……、そうだったらまだ幾分気楽でいいんだけどサ」

　圭一さんは爺ちゃんと婆ちゃんの方をチラリと見た後、天井《てんじょう》を見上げて言った。

「その人は……二十年以上前に亡くなっている人なんだ」

「こ　い　び　と　な　の　で　は」

　事のあらましを話し終える前に、日野さんはだいぶヒートアップしているようである。

「……どうどう。日野さん、落ち着いて。ここ図書室だから」

　鼻息が荒くなっている真顔《まがお》の日野さんを座り直させる。

「空気が重くなりすぎて、その人と圭一さんがどういう間柄だったのかまで聞ける雰囲気《ふんいき》じゃなかったんだよ」

「気合《きあい》が足りない」

「え……いや、はい。……すみません」

日野さんも年頃女子の御多分に洩《も》れず、人の色恋沙汰《いろこいざた》の影がチラつくとこう……話題に対する食いつき方が違うな。

「でもその人と昨晩の妖が同一人物って線は薄いと思うんだけどな。圭一さんが言っていた人は既《すで》に亡くなっているんだから、少なくとも妖じゃなかったんだろうし」

「その妖の人は、まだ朝霧君のウチにいるの？」

……「妖の人」ってまたパンチの効いた強い言い回しだな。

「ええと、少なくとも僕が今朝ウチを出る時点ではまだ目を覚ましていなかったし、安全性が確認できるまでは神社から出さないってサクラも言ってたから、まだいると思うけれど」

結局のところ情報量が少なすぎて、本人（？）の目覚めを待って事情を聞かない事には処遇を決められないという結論になり、念のためサクラが逃亡防止の結界《けっかい》だかを客間に張って、様子を見る事になったのである。

「とりあえず状況がわかったら、また報告するよ」

僕はそう言って教科書に再び目を落とす。

新情報が出てこない限り進展しようがない以上、今は目下《もっか》期末テスト対策を講じておかねばなら――

「放課後先に行ってるから、部活終わったら早く帰ってきて」

「え」

「こんな話聞いて、実際見に行かずに我慢《がまん》できるわけがない」

「いや、でもド平日……」

「部活終わったら真《ま》っ直《す》ぐ帰宅」

「……は、はい」

何というか。

――母さん。女子って、強いですね。

3

「すっかり真っ暗だなあ」

学校を出て北鵜野森町へ向かう坂を上っていく。

自転車だと頬や手に当たる風が一層冷たく感じられて、僕は代《か》わる代《が》わる手に息を吐《は》きかけながら家路《いえじ》を急いでいた。

眼下には東鵜野森から国道方面の町並みが広がっていて、白や黄色、オレンジ色の家々の淡い灯《あか》りが連なって見える。

中にはクリスマスのイルミネーションを早々と点灯《てんとう》させている家もあって、いくら何でも気が早いだろうと苦笑いしてしまった。

さて、肝心の日野さんの方はどうなっているだろうか。

昨日の話では荒事になったりはしないだろうし、爺ちゃんも婆ちゃんもサクラもいるから大丈夫だとは思うけれど……。

「あれ？」

アイレンの前に差し掛かった時に、店の明かりが点《つ》いていないのに気が付いて自転車を停《と》める。

「もう店閉めちゃったのかな」

あんな事の後だし、気掛かりでウチへ様子を見に行っているのかもしれない。

……よくよく考えたら、何で平日なのに日曜の昨日より人が増えてるんだウチは。

夏のあの事件の前まで毎日三人だった事を考えると、急に騒がしくなったものだ。

爺ちゃん婆ちゃんとの三人暮らしも静かで穏《おだ》やかでよかったけれど、今はこの騒がしさも心地《ここち》好く感じられる。

人間、案外慣れるものだ。

「さて、とりあえず状況を確かめないとな」

僕は我が家の現状を把握《はあく》するために、再び自転車のペダルを踏みこんだ。


玄関の戸を開けたところで、お盆を持った日野さんと遭遇《そうぐう》する。

「あ、……えーと」

「おかえりなさい」

「た、ただいま」

なんだか不思議なやりとりで、どことなくむず痒《がゆ》い。

「圭一さんも来てるの？」

「うん。客間でサクラと一緒に妖の人の様子を見てる」

「まだ眠ったまま？」

「うん。サクラが言うには『気の流れ』っていうのが安定してきたみたいだから、もうじき目を覚ますんじゃないかって言ってた」

靴を脱《ぬ》いで日野さんの後についていく。

「目を覚まして、話してみて、その後どうするんだろう」

ポツリと日野さんがそんな事を言った。

「どうって……、どうするんだろう」

正直そのあたりは僕も全然考えが及んでいなかった。

ただの猫だと思っていた時から我が家で面倒を見ると決めていた上に、当然のように我が物顔で闊歩《かっぽ》し始めたサクラとは状況が異なる。

本人(?)の目的というか、意思がわからないうちは何ともいえないのが現状だ。

まずは話をしてみない事には。


「お、ご主人も帰ったであるか」

客間へ入ると布団に寝かせた妖の女性の横で、サクラと圭一さんがその様子を見ているところだった。

「夢路君。すまないね、お邪魔《じゃま》してるヨ」

「いつもより早く店が閉まってたから、ウチかなと思ってました」

「タハハ。……気が気じゃなくてネ。どうせこの時間になったらお客なんて滅多《めった》に来ないしサ」

そう言って圭一さんは苦笑し、女性の方へと視線を戻す。

見た目の年齢は二十代半ばくらいだろうか。

緩《ゆる》くウェーブのかかった栗色の髪の、目鼻立ちの整った女性。

妖らしさは正直感じられない。

昨晩サクラが言った「人の姿で存在しているだけの妖」の言葉の通り、僕には少なくとも普通の人間にしか見えなかった。

「綺麗《きれい》な人……」

「うん」

「早く、目が覚めるといいね」

そう言って日野さんは女性の枕元に白湯《さゆ》を載《の》せたお盆を置いて立ち上がる。

「お台所で洋子さんを手伝ってるから、晩御飯できたら呼ぶね」

「うん。そういえば爺ちゃんは？」

「そろそろ武道教室が終わる時間だと思う」

「わかった」

「じゃあ、圭一さんもごゆっくり」

日野さんが圭一さんに一礼して客間から出ていった後、僕が畳《たたみ》に腰を下ろすと圭一さんが寄ってきて耳打ちする。

「……何で君達そんな自然体なわけ？」

「え？」

「僕のお店に来てる時は初々《ういうい》しいことこの上ないのに、何かここじゃすっかり馴染《なじ》んじゃってるじゃないノ」

「そう言われても……」

まあ確かに、言われてみれば我が家に日野さんがいる風景がいつの間にか当たり前になりつつある気もしなくもない。

「おまけにサクラさん……だっけ？　こんなお嬢さんまで同居してるとか、僕ァ昨日《きのう》まで知らなかったぞ」

「いや、まあ、そこらへんは色々と事情があって……」

……そういえば圭一さんにサクラの事、まだ誰も話してないんだっけ。

サクラもサクラで説明するのが面倒だからか、今も人型形態でいるからな……。猫又だと知らない圭一さんの目の前で猫に戻って腰を抜かされてもややこしいし、爺ちゃんや婆ちゃんがどういう位置付けでサクラの事を話しているのかわからないから後で聞いておかないと。

「それでサクラ、この人の状態は？」

「ふむ。今、私の霊気を少量ずつ分けてやっているところであるな」

言って、何かの術に使ったのか何枚かの札をひらひらと振ってこちらに見せる。

「サクラの方の負担は大丈夫なのか？」

「自然に陽の気が集まる神社内ならば私も負担は少ない故、心配はいらぬ。この者が身体を維持《いじ》するために必要になるであろう最低限の霊気は補塡《ほてん》したので、そろそろ目を覚ますはずである」

「そうか。お疲れ様な」

「フフン。もっと労《ねぎら》って、おやつに英国産の新作猫缶を買ってくれてもよいのであるぞ」

「猫缶……」

胸を張るサクラと僕のやりとりを聞いていた圭一さんは若干《じゃっかん》怪訝《けげん》な表情を浮かべている。

「最近の若いお嬢さん達の間では、猫缶を食べるのが流行《はや》ってたりするのかい……」

何だか圭一さんの若者文化に対する認識に新たな誤解を生みそうな気がする。

「欧州産の猫缶はどれも美味《びみ》なのである。ご主人の少ない小遣《こづか》いでは中々網羅《もうら》するのは難しいのであるが」

「……僕ァてっきり咲《さき》クンが夢路君の〝そういう人〟だと思ってたんだけど、サクラさん……だっけ？　お嬢さんと夢路君はどういう間柄なの？」

「体裁上《ていさいじょう》、ご主人は私の飼い主であるな」

おおおおおおおおおおい！

もう完全に圭一さん、引き攣った笑いになってるじゃないか！

「……人の家の教育方針に口を挟《はさ》むつもりはないけど……、何というか、随分《ずいぶん》変わった人間関係だネ」

「圭一さん誤解です！　大きな誤解があります！」

「毎晩同じ寝床で寝ているというのに誤解も何もないのである」

「言い方ーッ！」

「オジサン、次世代の将来が心配になってきたヨ……」

客間内が混沌《こんとん》として収拾がつかなくなってきた時。

「け……い……ち」

僕らの視線が一点に集まる。

妖の女性。彼女が意識を取り戻し、こちらへ――いや、圭一さんの方へ顔を向けていた。

「圭……一……くん」

「……あ……」

名前を呼ばれた圭一さんの顔には驚きと、困惑《こんわく》と。

「圭一、君」

「……本当に、伶花《れいか》さん……なのか？　いやしかし貴女《あなた》は確かに亡くなって……」

郷愁《きょうしゅう》が混じり合った複雑な色が浮かぶ。

「圭一君……！」

そして次の瞬間には、飛び起きた女性が圭一さんに抱き付いた。

「ちょ、ちょっと!?　伶花さん!?」

「圭一君……！　圭一君……！」

「……む……ぅ……」

圭一さんはひどく狼狽《ろうばい》したものの、どうする事もできず、されるがままになっている。

「ふむ。やはり両者の間には何やら興味深い縁《えにし》があるようであるな」

二人の様子を眺《なが》めてサクラが小さく呟いた。

遠い昔に亡くなった人の姿をし、圭一さんの名を呼んだ謎の女性。

僕は鵜野森町に現れた彼女を中心に、何かが少しずつ動き出していくのを感じていた。

第三章 憧憬

1

家庭のコタツというものは、まあ三人暮らしであれば大きさなんてたかが知れている。一辺の長さはせいぜい九十センチくらいのサイズだ。

小学生くらいならまだしも、大人が一辺に二人座る事は基本的に想定《そうてい》されていない。

つまり……僕が何を言いたいかというと。

――狭い。

爺《じい》ちゃんだけは一人で座り、婆《ばあ》ちゃんと日野《ひの》さん、僕とサクラ、そして圭一《けいいち》さんと先刻目を覚ました妖《あやかし》の女性がそれぞれ組になって四辺に座っている。

細身の婆ちゃんと日野さんはともかく、僕の隣《となり》のサクラはあろうことか胡坐《あぐら》をかいているため、余計《よけい》に狭い。

圭一さんにくっついて一向に離れようとしない彼女を前にどうしたものかと考えていたところに、夕食の準備ができたと日野さんが入ってきてしばらく硬直《こうちょく》していたけれど、状況の整理をするにも皆が揃《そろ》っている方がよかろうというサクラの進《しん》言《げん》もあり、こうしてこのメンツで鍋を囲んでいるのである。

「咲《さき》さん本当に味付け上手《じょうず》になったわねぇ」

「……ありがとうございます」

「婆さん、大根おろし取ってくれんか」

「はい、どうぞ」

「サクラ、お前さっきから僕が食べようとしてる肉ばっかり狙《ねら》って食べてるだろう」

「フフフ。ご主人が肉を投入し、私が肉を喰《く》らう。一分《いちぶ》の隙《すき》もない完璧《かんぺき》な流れである」

「朝霧《あさぎり》君もサクラも、野菜もっと食べなきゃ駄目《だめ》だよ」

賑《にぎ》やかに食事を進める我が家の面々を前に、圭一さんは苦笑《にがわら》いを浮かべている。

「……何ていうか、宗一郎《そういちろう》の所は咲クンも含めてみんな思いのほか平常心《へいじょうしん》だネ」

「もう慣《な》れたわい」

「そ、そういうものかな」

「食わんとなくなるぞ」

流石《さすが》にサクラが居座《いすわ》って二ヵ月近くが経《た》つと、堅物《かたぶつ》の爺ちゃんでさえこの順応《じゅんのう》ぶりを発揮《はっき》する。

「ねぇ、圭一君。私達も御馳走《ごちそう》になろうよ」

「え……ああ、ウン……」

圭一さんよりも、その隣で取り皿片手に目を輝かせている妖の女性の方が余程《よほど》この場の空気に馴染《なじ》んでしまっているように見えるのは多分間違いない。


彼女は僕らに「新堂伶花《しんどうれいか》」と名乗った。

どう解釈しても妖の名前ではなく、日本国籍を持つ人間の名前である。

圭一さんが紹介するより早く自《みずか》ら名乗ったのだが、やはり圭一さんの知っている人物の名であるとの事だった。

快活《かいかつ》で、コロコロと変わる表情が印象的な女性だ。

本人曰《いわ》く、あの場に現れた経緯《いきさつ》等を含めて、記憶が曖昧《あいまい》でよくわからないらしい。

それどころか、自分がとうの昔に死んだハズの人間であると言う事実に関しては全く自覚がないらしく、カレンダーを見せてもピンとこないようだった。

サクラ曰く、「死んだ者の魂《たましい》が彷徨《さまよ》った場合、断片的で強い思念《しねん》が色濃く残る事は少なくないのであるが……怨念《おんねん》によって怪異化《かいいか》でもしなければ二十年以上もそのまま存在を保《たも》つこと自体、少々考えにくいのである」という話だったけれど。

本人には一応特殊《とくしゅ》な状況の中にいるという程度の自覚は出てきたみたいだけれど、周囲の心配をよそに当人はむしろその状況を楽しんでいるようにさえ見える。

「色々記憶が飛び飛びになっちゃってるけど、まあ……そのうち色々思い出すんじゃないかなぁ」

自分の事なのに深刻さとは無縁のようにカラカラと笑う伶花さんに、僕も圭一さんも呆気《あっけ》にとられたのが三十分程前の話である。

何だかんだ圭一さんも伶花さんに勧《すす》められるまま結構な量を食べて一段落したところで、爺ちゃんが口を開いた。

「そこのお嬢さんの処遇《しょぐう》に関してだが……。サクラ、お前さんの意見を聞きたい」

「私であるか?」

「お前さんが一番客観的にモノを言えそうじゃからな」

「ふむ。……では私見として。伶花の経過観察のために、しばらくはここに置くのがよいと考える」

サクラの人型形態みたいに霊気体《れいきたい》を維持《いじ》する必要があるのなら、確かに鵜野森神《うのもりじん》社《じゃ》にいる方がいいのだろう。

何かあればサクラが助けてやれるというのも大きい。

そもそも彼女の生きていた頃から二十年以上も経っていてはアテにできる所だって、ここか圭一さんの所くらいしかないだろうし。

「うーん、でも私、今お金持ってないので家賃とか食費とか払えないんですよね」

非現実極《きわ》まりない状況にありながら、考えている事は現実的だった。

「私としては当面圭一君を頼るしかないかなぁ――なんて考えてるんですけれど」

……何だか急に話が俗っぽくなってきたけれど、妖というより人間寄りの生活をするならば避《さ》けては通れない。

「圭一はどうするつもりなんじゃ」

「……そりゃあ、いつまでも宗一郎の所に任せっきりで他人事《ひとごと》ってわけにもいかないのはわかってるサ。ただうちの部屋を一つ空《あ》けるにしろ外に借りるにしろ、今日の明日では中々難しいんだヨ。何とか数日中には決めるから、その間少しだけ面倒見てやってくれないか……ネ」

圭一さんが頭を下げる。

爺ちゃんはしばらく考えていたようだったけれど、

「……わかった。また近々《ちかぢか》結論を聞く」

それだけ言って新聞に目を落とした。

本日の家族（？）会議、結審《けっしん》保留《ほりゅう》である。

まあ、即決《そっけつ》しろという方が難しいだろうな。

「あのぉ……家賃とかは……」

おずおずと伶花さんが爺ちゃんに尋《たず》ねる。

「取らん。それで気が済まんというなら後で圭一にでも言ってくれ」

「わ！ ありがとうございます！」

「………フン」

満面の笑顔でお礼を言われて爺ちゃんも照れているのか、目を合わせないようにしてお茶を啜《すす》っていた。


シンと静まり返った部屋の天井《てんじょう》に向かって、僕は呟《つぶや》いた。

「で……何で僕と圭一さんが同じ部屋で寝てるんですかね」

「こっちが聞きたいヨ……」

伶花さんの件がひとまず棚上げになってお開きになったのだけれど、もう時間も時間だったので日野さんも結局また泊《と》まっていく流れになった。

しかし朝霧家に客間は一つである。伶花さんを寝かせていたのも日野さんがよく使っているのもこの客間であり、サクラも今日は伶花さんの様子見をするというので今現在一階の客間には彼女達三人がいる。

サクラは「所謂《いわゆる》、女子会というやつである」とか言いながら、何だか楽しそうに猫缶をいくつも運び込んでいた。

アイツ、あれを伶花さんの前で食う気だろうか。

圭一さんは伶花さんを我が家に預けて帰ろうとしたのだけれど、なし崩し的に爺ちゃんの酒に付き合う事になってしまい、帰るのが面倒《めんどう》になったらしい。

そうはいっても圭一さんをコタツで寝かすわけにもいかないという話になり、最終的に僕の部屋に予備の布団《ふとん》を持ってきたという経緯である。

「まぁ、女子会やってる部屋にオジサンが寝床を借りるわけにもいかないしネ……」

「それはいいですけど……。圭一さん、爺ちゃんにかなり呑まされたでしょ……」

「え？」

「お酒臭《くさ》いですよ」

「いやァ……、宗一郎って普段あんまり酒呑まないんだけど、呑む時はザルなんだヨ。もう若くもないのにサ」

　お酒の臭《にお》いですぐには眠れそうになかったので、僕は気怠《けだる》そうにぼやく圭一さんに伶花さんの事を少し聞いてみる事にした。

「生前……て言い方が正しいのかわかりませんけど、伶花さんてやっぱりあんな感じの方だったんですか？」

　少しの間《ま》があった後、

「んー。……そうだネ」

　圭一さんはポツリポツリと話し始める。

「何があってもあっけらかんとして快活で、主体性が強くて、でも茶目《ちゃめ》っ気《け》があってサ。あの頃は女性の社会進出の過渡期《かとき》としてその立ち位置が劇的に変わっていった時代だったけれど、その中でも一際《ひときわ》目を引く存在だったなァ」

　世代的には婆ちゃん達と近い割に、伶花さんと婆ちゃんのイメージが微塵《みじん》も結び付かないあたりが逆に興味《きょうみ》深い。

「それって二十年くらい前の話ですか？」

「いや、出会ったのは三十年近く前だからネ」

「ああ、じゃあやっぱりこの前お店で話に出た一目惚《ひとめぼ》れした人っていうのが伶花さんなんですね」

日野さんがこの場にいたら彼女の興味津々《しんしん》スイッチが入ってしまいそうだなと思ったけれど、案外一階の客間では似たような話をしているのかもしれない。

「ハハ。まぁ、……ネ」

「……何だか微妙《びみょう》なリアクションですね」

僕は圭一さんの声のトーンにひっかかるものを感じて、つい少し踏み込んだ事を聞いてしまった。

再び部屋にはしばしの間が流れる。

「……なあ夢路《ゆめじ》君。彼女、本物だと思うかい？」

「どういう意味です？」

「本当に新堂伶花さん本人と思っていいのかなって事サ」

「そんなの……僕に聞かれても、判断材料が少なすぎますよ」

「まぁ、そりゃそうか」

この点についてはサクラでさえ判断しかねているようだし、何より伶花さんの素性《すじょう》もよく知らない僕には何ともわからない部分ではある。

「僕ァ生まれてこの方この歳《とし》まで、幽霊だの妖怪《ようかい》だのってのとは縁《えん》がなかったからネ……。しかもよりによって現れた相手が若い頃好きだった相手だなんて状況だから、今だって頭の中がゴチャゴチャで冷静な判断が下せる自信がない」

「…………」

「勿論《もちろん》姿形や声、あの雰囲気《ふんいき》、どれも本人としか見えないし、何より自分から名乗ったんだ。けれど存外、歳取ると頭が固くなってしまってネ。喜んでいいのか悪いのかも正直わからないんだヨ」

オカルト慣れしていない事を考えれば、圭一さんの疑問は至極《しごく》もっともな話である。

とはいえ、サクラの理屈でいえば神社の敷地内で自由に動き回れる時点で悪性の存在ではないみたいだし、今のところ様子《ようす》を見るしかない気もする。

「伶花さん自身も記憶が曖昧みたいですし、少し時間をおいて考えてもいいんじゃないですか？」

「……そうか。ウン、そうだネ。少し長い目で様子を見るか……。ありがとう。そうするよ」

そう言って圭一さんは布団を頭からかぶってしまった。

僕も寝ようと思ったけれど部屋のお酒臭さが気になってしまい、窓を少しだけ開ける。

雲間から覗《のぞ》く月はひどく朧気《おぼろげ》で、その輪郭《りんかく》と夜空の境界《きょうかい》は曖昧に見えた。

2

冷えた朝の空気が眠気を飛ばしていく。

学校へ向かう下り坂の途中、日野さんから昨夜、一階の客間で繰《く》り広げられた女子会とやらの様子を聞かされているのだけれど。

案《あん》の定《じょう》、混沌《こんとん》としていたらしい。

あの軽いノリで、居間で呑んでいた爺ちゃん達から酒をせびってきた伶花さんがサクラと一緒に呑み始め、酔った二人で猫缶を開けて味を批評し始めるという展開に突入したようである。

今朝《けさ》みんな一向に起きてこなかったのはそういう事か。

まあサクラが貯《た》め込んでいる猫缶は一応人間が食べても大丈夫なやつだし、そもそも伶花さんは厳密には人間とは異なるから、味はともかくとしてそこらの猫缶を食べても問題ないとは思うのだけれど。

「自由すぎる」

けれどまあ、特段何か隠しているような雰囲気はなかったって事か。

……一人素面《しらふ》だった日野さんは混沌としたその状況によく耐えられたな。

「僕も圭一さんと少し話したけど、正直まだ状況を受け止めきれないみたいだったなぁ」

「……多分、それが普通だと思う」

日野さんが苦笑《くしょう》する。

「私達の時は、余計な事考える余裕とかなかったし」

まあ、それもそうか。

「圭一さんの事だから大丈夫だとは思うけれど」

「そうだね。それに伶花さん、面白《おもしろ》いし。また女子会、したいな」

……昨日《きのう》のそれを果たして女子会に分類してよいのかは定かでない気もするけれど。

「そういえばサクラが悪酔《わるよ》いしたところって僕は見たことないな」

「……何か笑いながらずっと喋《しゃべ》ってたよ」

ああ〜。……そっちのタイプか。

「昔の話とかも、色々」

「アイツがここに来る前の話？　それはちょっと聞いてみたいなあ」

アイツ、母さんの事も何か知ってるみたいだし、酒の勢いで喋ってくれるなら呑ませてみる作戦もとれるかもしれない。

「明治になったばっかりの頃に千駄ヶ谷《せんだがや》の植木屋さんの台所に食べ物をくすねに行ったら、庭先で痩《や》せたお侍《さむらい》さんに斬《き》りかかられて逃げ回った話とか」

「昔すぎるでしょ」

「最近の話で上がったのは……」

日野さんはそう言った後しばらく何かを考える素振《そぶ》りをして、

「面白寝言セレクション」

「え」

「朝霧君の、面白寝言セレクション」

「待って」

「ふふふ」

引き攣《つ》った僕の顔をチラリと見て日野さんは薄笑《うすわら》いを浮かべて、足取りを速めて坂を下りていく。

「日野さん待って、ねえ」

追いかける僕の様子を見て、日野さんは楽しそうに続けた。

「私が知ってる朝霧君の洗面所独《ひと》り言《ごと》セレクションに勝《まさ》るとも劣らない、傑作《けっさく》揃いだったよ」

「あんのバカ猫ーッ！」

テストまで二週間となり、部活がない期間に突入したので、図書室で日野さんにテスト範囲の勉強を見てもらっているのだけれど。

日野さんは僕の手が止まっている個所の要点を的確に述べながら、何やら本棚から持ってきた本に目を通している。

「ねぇ日野さん」

「？」

「今読んでるの、何の本？」

参考書の類《たぐい》ではなさそうだけれど。

僕が覗き込もうとすると、持ち上げて表紙を見せてくれた。

「……こんじゃく……がず……つづき？　んん？」

「『今昔画図続百鬼《こんじゃくがずぞくひゃっき》』の解説本」

「ええと……つまり、妖怪辞典？」

「妖怪辞典はゲゲゲの漫画の人。こっちは江戸時代の鳥山石燕《とりやませきえん》」

全然時代が違った。

「もし幽霊じゃないとしたら、何か伶花さんの現状に繋《つな》がるヒントがないかなと思って」

「でも二十年以上前まで生きていた人の妖……なんて有り得るのかな」

「朝霧君」

急に真顔《まがお》になって身を乗り出してくる。

「え。――は、はい」

もしや気分を害してしまう発言だっただろうか。

日野さんの右手が僕の顔の前まで迫《せま》ったかと思うと、ノートに書いた計算式を指差した。

「ここ、虚数《きょすう》iの二乗忘れてる」

「……すみません」

むう……。

教科書を睨《にら》んで唸《うな》る。

「だいたい虚数って誰が引っ張ってきたんだ。……世の中に貢献《こうけん》してるのか、虚数」

「実際に具体的な大きさで説明できないものを説明するために作られた想像上の数。不可解な現象に想像上の理由をつけて説明した怪異・伝承《でんしょう》。アプローチの方法としては、ちょっと似てる」

思いのほか理にかなった返答が返ってきたので僕は舌《した》を巻くしかない。

「妖怪・虚数」

「嫌すぎる……」

妖怪ポストに手紙を出して助けを求めたいくらいだ。

まあしかし確かに、自分の持ち合わせているだけの知識で理解できない事を有り得ないと言ってしまったら妖達の世界そのものを否定するようなものだ。

自宅で猫又《ねこまた》と同居している身の割に頭の固い自分が情けない。

「それで、何かヒントになりそうな記述はあった？」

「……まだ、何とも」

日野さんは首を振り、本を僕の前に開いてパラパラとページをめくってみせた。

「例《たと》えばこの雨の巻に載《の》ってる玉藻前《たまものまえ》は、狐《きつね》が美人に化《ば》けて宮中にまで入り込んだりするって書いてある」

「狐が化けるってのは、昔話でもよくあるね」

「他の本に載ってた隠神刑部《いぬがみぎょうぶ》みたいに狸《たぬき》も人に化ける。勿論サクラみたいな猫又もそう」

動物の物《もの》の怪《け》が人に化ける話はあったし、細かく見ていけば枚挙《まいきょ》に暇《いとま》がないようだ。

けれど、それでは倫花さんについて腑《ふ》に落《お》ちない点がいくつかあった。

見本、である。

妖が化けるにしたって、元になる見本がどこにもないのだ。

見た目も当然そうだし、二十年以上も前に亡くなった人の性格なんかに関する部分は圭一さんの記憶の中にしかないはずである。

「紹介される前に自分から名前を名乗った事とか、性格・喋り方なんかを見ても圭一さんが本当に本人だとしか思えないって感じるような化け方をする妖っていうのがいるのかなあ」

以前サクラが日野さんそっくりに化けて見せた事があったけれど、中身は完全にサクラだったし、その姿で猫缶を食べようとしたのを止めた事がある。

「私は、本当に伶花さん本人の幽霊であってくれたらいいなと思う」

「幽霊が実体化するのは、サクラは考えにくいって言っていたけど……」

「そこは、ほら。……色々あって」

……理論派に見えて日野さんも肝心《かんじん》なところがパワープレイだ。

「でも、まあ」

「……？」

「幽霊でも妖でも、圭一さんが出す結論は変わらないと思うよ。きっと圭一さんは伶花さんに手を差し伸べる」

陽の気に満ちた鵜野森神社の敷地内で活動できること自体が悪性の妖の類でない

証《あかし》らしいので、そうなれば素性はどうあれ他に行くアテのない伶花さんを放り出す理由は我が家にもない。

「だから圭一さんと伶花さんが笑って過ごせるように、僕らにやれることがあれば何でも手を貸せばいいいんだと思うよ」

椅子《いす》に寄りかかって背筋を伸ばしながら僕が言うと、日野さんはクスリと笑って言った。

「朝霧君らしいね」

「それより今の僕には目の前の数Ⅱの方が難題です」

日野さんの助力を得ながらの期末妖怪・虚数との戦いは、その後も小一時間続いたのであった。

3

帰宅した僕が居間を覗くと、サクラと伶花さんがコタツで呑気《のんき》にテレビを見ていた。

まあ、誰も気にしていないみたいだし別にいいんだけど……、我が家の空間への溶《と》け込み方が自然すぎる。

昨晩が実質の初対面だったとは思えない。

サクラも相変わらず人型形態のままなので、だらしない姉が一気に二人増えたような光景である。

「サクラ、爺ちゃんと婆ちゃんは？」

「宗一郎殿は正月の祭礼関係の会合とやらで商店街へ行っておる。洋子《ようこ》殿は台所であるな」

「そっか、ありがとう」

当の本人がこんなにだらけているのだから、僕があまり心配しても仕方がない。ともかく今はテスト勉強だ。

僕は平和な冬休みを迎えるため、二階で練習問題と格闘《かくとう》する事にしたのだった。

夕食後も一応机に向かってはいるものの、思うように捗《はかど》らないと集中力も途切れてくる。

何度かは背伸びをしたりして誤魔化《ごまか》していたものの、暖房で程よく暖まった空気が睡魔を呼び込んでいる。

「少し開けるか……」

眠気を覚ますために換気《かんき》をしようと立ち上がって三分の一ほど窓を開けた。

「どうせ私くらいしか出入りせぬのだから鍵《かぎ》は開けておいてほしいものである」

「おおおおおびっくりした……！」

窓の下からいきなりサクラが顔を出したのに驚いて数歩後ずさった。

「……何でわざわざここから入ってくるんだよ。下でテレビ見てたんじゃないのか」

「社殿《しゃでん》にちと用があった故《ゆえ》、戻り際《ぎわ》にご主人の様子を見ようと思ったのである」

サクラはそう言いながら部屋の中へするっと入ってくる。

相変わらずの人型形態である。

「このナリで長時間いると肩が凝《こ》って仕方ないのであるな」

「なら猫の姿に戻ってればいいじゃないか」

窓を閉め、椅子に座り直して尋ねると、

「フフン。こちらの方がご主人をからかいやすいのである」

「……馬鹿《ばか》な事言ってるんじゃない」

「霊力も夏と比べて大分回復した故、霊気体の〝ないすばでぃ〟っぷりも向上しているのである」

ニッと笑って僕に近付くと頬《ほお》を突《つつ》こうとしてきたので、僕は机の上に置いておいた猫缶をベッドの方に放り投げた。

「にゃんとーッ！」

サクラは宙《ちゅう》を舞って猫缶をキャッチすると、綺麗《きれい》にベッドの上に着地して、そのまま缶を開けてがっつき始める。

見た目が変わろうと、中身がこれでは妖艶《ようえん》さのかけらもない。

「うむ……夜食には……鶏肉をたっぷり……使った……モノがやはり……良いであるな」

「わかったから食いながら喋るんじゃないよ……」

サクラはあっという間にそれを平らげると、満足そうにベッドの上でゴロゴロし始めた。

見事な怠惰《たいだ》を体現した一連の所作《しょさ》である。

「まあソレはソレとして……今は術式《じゅつしき》を継続的に使っている故、こちらのほうが微調整しやすいのであるな」

「どういう事？」

「伶花の身体は霊気体故、安定させるためにはまだ色々と配慮が必要なのである。私が行動をともにしておるのは、近くで霊気を調節しながらあやつへ補充《ほじゅう》するために他ならぬ」

「あんなに元気そうに見えて、まだ回復したわけじゃないのか」

「うむ。普通の妖であれば本来自力でそのあたりを賄《まかな》えるはずなのであるが、どうにも中々上手《うま》くいかぬようである。故に、もうしばらくは私が補助してやる必要があろうと思われる」

「てっきり一緒に怠惰まみれの生活をしているだけかと思った」

「失敬《しっけい》な。……フフン、ご主人さては寂《さび》しくなったであるか」

「馬鹿な事言ってるんじゃない」

「古来より猫の添い寝によるぬくぬく効果から人間は逃《のが》れられぬ故、恥ずかしがらずともよいのであるぞ」

　自慢げな表情で胸を張るサクラをジト目で見ていた僕は、ある事を思い出す。

「まあ伶花の方が落ち着いたら、またこちらに戻ってきてやる故――」

「――そういえばお前、昨日の晩の話聞いたぞ」

「むっ？」

「酔った勢いで僕の寝言を日野さん達にばらしただろう」

「あー……そのような事もあったような、なかったような」

「僕自身だって何言ってるか知らないのにお前ーッ！」

「むおお、顔をムニムニするのはやめるのである」

　猫形態と違って人型形態ではあまり顔の皮が伸びないようだ。

「まあいずれにしても、もう暫《しばら》くは私がついて回って様子を見る故、伶花の事はこちらに任せてご主人は勉学に励《はげ》むがよかろうなのである」

そう言ってサクラは僕の机からもう一つ猫缶を接収《せっしゅう》すると、そそくさと部屋を出ていった。

旗色が悪いと判断して逃げたなアイツ……。

「――さて」

伶花さんの事はとりあえずサクラに任せる事にして、僕は目の前の事に集中しなければ。冬休みに補修課題など喰らってしまったら目も当てられない。

……何だかんだしているうちに眠気も霧散《むさん》したので、僕は気を取り直して机に向かう事にしたのだった。

4

状況に変化があったのは数日経ってからの事だ。

「アイレンに？」

「うん。さっき学校出る前に婆ちゃんから『帰りに寄ってみなさいな』ってメッセが来たんだよ」

北鵜野森へ向かう上り坂を歩きながら、二人してスマホの画面を覗き込む。

「何だろう」

「文面からして深刻な話じゃなさそうだけれど」

婆ちゃんからのメッセージには、ご丁寧《ていねい》に喋る猫のスタンプまで付いている。

「……この猫スタンプ、ボイス付きの出てたのか」

「若い」

婆ちゃんの若さの秘訣《ひけつ》は、この精神性にこそあるのかもしれない。

「……若いっていえば、伶花さんも本来なら婆ちゃん達と同年代なんだよなあ」

ここ数日の我が家での行動を見ている限り、帰省《きせい》した女子大生がひたすら実家でダラダラしているみたいな絵面《えづら》にしか見えなかったので錯覚《さっかく》しそうになるけれど。

「伶花さんの場合はちょっと違うような……。この前の話だと、気付いたらいきなり今の時代だったような口ぶりだったし」

「あー……そうか。なら精神的にもあの見た目通りなのか」

記憶がひどく曖昧みたいだから、そのあたり実際のところどうなんだか定かではない。

当該《とうがい》本人まさしくその人なのか、そうでないのか。

幽霊なのか、妖なのか。

霊気の性質から見て害を為《な》す存在ではないというサクラの判断を信じて我が家にいてもらっているのだけれど、結局のところ事の真相《しんそう》に近付く情報が何も得られていないのも事実である。

「あれから伶花さん、どう？」

日野さんが考え込んでいる僕の顔を覗き込みながら聞いてくる。

「どう……って？」

「例えば自分の置かれた状況の特殊性を不安に感じてるとか……」

「テレビ見てる」

「……テレビ」

「僕が目撃した限り、歌番組とバラエティ番組が多いかな」

「…………」

眉間《みけん》に指をあててウンウンと唸っている。

日野さんなりに伶花さんの心情についてあれこれと心配しているのだろうけれど、当の本人があの状況だからなあ。

「まあ、後で実際話してみればわかると思うよ」

「うん……そうだね」

当人の話も聞かないうちからあれこれ勝手に想像していても仕方ないという事

で、僕らはとりあえず、アイレンに立ち寄ってみなさいという婆ちゃんのメッセージに従うことにした。

伶花さんと話をするのはそれからでもいいだろうと思ったからである。

――のだけれど。


「はーい！　いらっしゃいまっ……何だ、ご主人達であるか」

いつもの着物の上からエプロンをつけたサクラが、僕らの目の前に立っている。

「あっはは。やあ、二人ともいらっしゃい」

カウンターの中で圭一さんが笑う。

「夢路君おかえりー。あ、咲ちゃんもいるんだね」

圭一さんの隣で伶花さんが手を振っている。

僕と日野さんはカウンター席に座って圭一さんの方へ身を乗り出す。

「何がどうなってるんですか」

「詳しく」

「ま……まあまあ二人とも。とりあえずご注文をサ」

どうどう、と僕らを落ち着かせてメニューを手渡してくる。

「じゃあ私、マンデリン下さい」

「咲クンは中々大人《おとな》なチョイスだネ」

「……僕も、同じのを」

「夢路君。マンデリンて、ほろ苦さを楽しむやつだけど大丈夫？　砂糖要《い》る？」

「何で僕にだけ確認するんですか」

「え？　いやァ、だって、ねぇ？」

お子様舌《じた》で悪うございましたね。

隣で日野さんもあっちを向いて何だかちょっと肩を震わせ始めたので、笑いを堪《こら》えているらしい。

……むう。

カウンターの奥へ行った圭一さんと入れ替わりに、伶花さんが僕らの方へ寄ってきた。

「どう？　中々盛況だと思わない？」

「……盛況はいいですけど、何してるんですか」

「んー、来週からここの二階の一部屋を間借りできる事になったんだけどね、それまで夢路君の家でテレビばっかし見てるのも流石になんだし、圭一君のお店手伝おうかなって思ったんだよね」

「……いつの間にそんな話に」

「今朝方、圭一君が宗一郎さんの所に話しに来たの。でさ、宗一郎さんのあの難しい顔で『覚悟はあるのか』なんて言われてて」

「何で同年代相手に交際相手の父親みたいになってるんだ、爺ちゃんは」

僕がこめかみを押さえて唸っていると、伶花さんはカウンターに頬杖をついてニカッと笑う。

「でもさ、悪い気はしないもんだよねぇ」

惚気《のろけ》か。惚気なのか。

現状、自分の境遇《きょうぐう》もよくわかっていないのに、圭一さんに全幅《ぜんぷく》の信頼を置いている事に驚くばかりだ。

「だよねぇって言われても……。大人の話は僕にはまだよくわかりませんよ」

「あらぁ、夢路君だって他人事じゃないでしょ？　もう何年かしたら本物のお義父《とう》さん相手にそれやらなきゃいけないかもしれないんだし」

「――え」

「ねぇ？　咲ちゃん」

「――え」

伶花さんに言われて、僕らは二人してしばし顔を見合わせた。

「痛い痛い痛い！」

顔を赤くした日野さんに、何故《なぜ》か手の甲《こう》を抓《つね》られた。

「……それで」

抓られた手をさすっている僕の横で、日野さんが質問の続きを切り出す。

「伶花さんがお店を手伝っているのはわかりましたけれど、サクラは？」

サクラの方へ目をやると、

「二番卓〝ほうじ茶らて〟二つ追加である！」

ボックス席に座った町内の高齢者達と楽し気に談笑しながら、しっかり追加注文を取っているようだ。

あの独特の喋り方と和装の妙な取り合わせがウケているのだろうか。

「お客が入れば多少のバイト代も出せるって言うからさ。とりあえずサクラちゃんをダシにして呼び込みしたら興味半分で結構お客さん来てくれて御覧の通りなワケ」

「はあ」

「けど、よくあの怠惰の化身《けしん》が働く気になりましたね」

「何か、稼《かせ》ぎがあれば高い猫缶がどうのこうのとか言ってたけど」

……そういう事か。

「はい、二人ともお待ちどうさま」

圭一さんが僕らの前に注文したコーヒーを置いてくれる。

……僕の方にはご丁寧に砂糖が二つとミルクまでついてきた。

「そういえば圭一さん。教えてもらったCD、この間、駅前のお店で見つけました」

日野さんがコーヒーを啜りつつ、先日駅前で買っていたCDの話を始める。

「ん？　ああ、『マイ・フーリッシュ・ハート』かい？」

「はい。……やっぱりとても素敵な曲でした」

「ンッフフ。そりゃあ何よりだネ」

そう言って圭一さんがリモコンを操作《そうさ》すると、少しして店内にスローテンポのピアノの音色《ねいろ》が流れ始めた。

この前聴かせてくれた曲だったので僕も何となく憶《おぼ》えている。

インストアレンジのその曲に僕らが耳を傾け始めた時、

「――――」

その歌声はスピーカーからではなく、僕らのすぐ傍《そば》から聴こえてきた。

伸びやかで、でも少し儚気《はかなげ》で。

楽しそうで、でもどこか戸惑《とまど》いも含んでいて。

店にいた他のお客さんも含め、僕らはその曲が終わるまでの間、伶花さんの口から紡《つむ》ぎ出される魔法のような歌声に釘付けになったのだ。

5

圭一さん達も一緒にまた我が家で夕食を食べようという事になったので、女性陣には準備のために一足先に帰宅してもらい、僕は圭一さんの閉店作業を手伝うためにアイレンに残っていたのだけれど。

先程の歌を聴いて何か思うところがあったのか、フロアのモップ掛けをしている僕に、食器を拭《ふ》き上げながら圭一さんがポツリポツリと話し始めた。

「歌手志望……ですか」

「そう。新堂伶花という女性はね、ジャズ歌手を志《こころざ》していた人だったんだ——」

それならば、さっき披露《ひろう》した歌唱力にも合点《がてん》がいく。素人《しろうと》のちょっとカラオケが上手いとかそんなレベルじゃない事くらいは、僕にもわかる。

「当時の彼女は南鵜野森町で一人暮らしをしていてね。日中働きながら、夜は時折……当時駅前にあったジャズバーで歌っていたんだヨ」

「駅前……あの辺にジャズバーなんてあったんですか？」

「ウン、僕も当時何度か足を運んだ事がある」

しょっちゅう行く駅前だけれど、お酒が出るお店なんて居酒屋かファミレスくらいしかなかった気がする。

「あの頃はまだバブル崩壊《ほうかい》前で景気も良かったからネ。鵜野森みたいな郊外の町だってそれなりに羽振《はぶ》りのいい時期があったもんサ」

時代とともに姿を消したという事だろうか。

「そんな彼女がこの店を訪れたのは本当にたまたま、鵜野森神社に散歩がてらお参りに行った帰りだったらしいんだけど。僕は当時趣味《しゅみ》程度とはいえ、ジャズやブルースなんかのLP……ああ、LPって言ってもわかんないかな。CDじゃなくて昔のアナログのやつネ」

「あ、いえ。音楽室で見た事はあります」

「ああ……鵜野森高ならそこそこ古い学校だから確かに残ってるかもしれないネ。まあともあれ、僕は当時からそういうのを買い集めて店でよくかけてたんだヨ。それでいたくここを気に入ってくれたみたいでサ」

この前話していた、店の外を歩いていた伶花さんを見掛けて一目惚れした後の話なんだろう。

「働きながら歌のレッスンも受けていたようだから忙しそうだったけれど、頻繁《ひんぱん》に足を運んでくれるようになったのが嬉《うれ》しくてねェ。ハハ」

言って圭一さんは気恥《きは》ずかしそうにポリポリと頬を掻《か》く。

……圭一さんの若い頃って多分、今の感じで白髪をなくしてそのまま若くしたような感じだったんだろうな。

年を経《へ》てもあまり印象が変わらないタイプの人だ。

だからというわけではないのだけれど、昔の姿のままの伶花さんと並んでもミスマッチという感じはあまりしない。

「でも、それなら尚更《なおさら》本物かどうかなんて……。さっきの歌を聴いたらもう本物か偽物《にせもの》かなんて疑う余地もないわけじゃ……ない、です、か、っと」

僕は水に浸《ひた》したモップを絞《しぼ》りながら圭一さんの方を見る。

圭一さんはポケットから取り出した煙草《タバコ》に火をつけると、一服してから細く立ち上る煙をしばらくぼうっと眺《なが》めていた。

「……圭一さん？」

「ああ、ウン。……そうだネ。確かに彼女は出会った頃の新堂伶花さんそのものだと思うヨ」

「でしょう？」

伶花さんは圭一さんを全面的に信頼して頼っているのだし、圭一さんが今も変わらず伶花さんへの想いを持ち続けているのならば何も不安要素はないわけで。

伶花さんの霊気の身体に関して不確定な要素はまあ在るにしても、幸いにして専門のサクラや理解ある婆ちゃんもいるのだ。

知らない土地で暮らすならともかく、ここに滞在するのであれば当面は大丈夫なのではないだろうか。

「……夢路君」

「何ですか？　お惚気なら後で皆で聞きますから、早く片付けちゃいましょうよ」

「今いる彼女が出会った頃の彼女なら、……亡くなった時の彼女は、どこに行ったんだろうネ」

「——え？」

モップをかけていた僕は思わず手を止めてしまった。

亡くなった時の伶花さん？

それって、今いる伶花さんとは違うのか？

「あの姿は出会った頃のものだ。僕がよく知る、新堂伶花さんの姿に間違いない。

……けれど、亡くなったのは本来もっと後なんだよ」

「…………」

「ああ、いや別に今の彼女が偽物だとか、……そういうつもりじゃあないんだ。彼女の歌声は僕自身が一番憶えている。あの歌はおいそれと真似《まね》できるものじゃない」

そうだ。

それに、悪意のある存在ではないとサクラも言っていたじゃないか。

「色々記憶が曖昧だって話でしたし、本人もわかってない事情があるのかもしれないですよ」

「うん、そうだネ。いやゴメンゴメン。今身寄りのない彼女の力になるべき僕が不安を煽《あお》るような事を言ってしまったネ。……さ、片付けをさっさと済ませてしまおうか。お腹空《なかす》いてきちゃったしネ」

少しバツが悪そうに苦笑して、圭一さんはカウンターの隅に置かれた鉢植えに霧吹きで水をやる。

どこかひっかかりを残している僕の心情などとは裏腹に、圭一さんから水を貰《もら》った花は生命力に溢《あふ》れ、どこか嬉しそうにも見えた。

「おー！　学生諸君、真面目《まじめ》にべんきょーしとるなーァ、えらいえらぁい！」

夕食の後、僕の部屋で日野さんとテスト勉強をしているところに一升瓶《びん》片手にすっかり出来上がった伶花さんが乱入してきた。

「……下でサクラと呑んでたんじゃないんですか？」

「サックラちゃんならもうへべれけだからぁ、学生二人は何してるかなーって思って遊びに来たのよぉ」

暴飲暴食の帝王サクラが潰《つぶ》されるとは……。

圭一さんも明日の仕込みがあると言って帰ってしまったし、最早防壁《もはやぼうへき》となる存在が誰もいない。

これはもう今日は勉強は諦《あきら》めた方がいいかもしれないなと、僕は苦笑して日野さんに目配《めくば》せをした。

未成年の身で伶花さんのお酒に付き合うわけにもいかないし、ここで深酒されるのも非常にアレなので、日野さんが下で三人分のお茶を淹《い》れてきてくれた。

湯呑《ゆのみ》から湯気《ゆげ》とともに立ち上る香りに、心が落ち着いてゆく。

「温まるなあ」

「ほうじ茶はピラジンていう成分が、リラックス効果高いんだって」

「おー……咲ちゃん詳しいね」

感心した様子の伶花さんはずずっと一口ほうじ茶を啜ると、

「沁《し》みるぅー」

……何と言うべきか、一々リアクションがおじさんくさいんだよな、この人は。

憂《うれ》いを帯びた歌声を見せた人と同じ人物だとは思えない程である。

「あーいい気分～」

そう言って勝手にベッドに身を投げ出してゴロゴロし始める。

「……自由すぎるでしょ」

「カタい事言わないのー」

こうなった酔っ払いには勝てそうにない。

僕は溜息《ためいき》を一つついてから、夕方圭一さんから聞いた話の少し気になった点について尋ねてみる事にした。

「そういえば夕方圭一さんに聞いたんですけど、伶花さんて、歌手志望だったんですよね」

「……どうりで上手いと思った」

「んー？　んふふー、まあねー、そーうでーすよー」

「駅前にあったバーで時々歌ってたって、圭一さんから聞きました」

「いやーぁ、改めて言われると照れちゃうねぇ」

酔いのせいもあるんだろう。饒舌《じょうぜつ》になっている伶花さんにならもう一歩踏み込んで聞いても大丈夫《だいじょうぶ》な気がした。

「その後、歌手にはなったんですか？」

日野さんが少し驚いた顔で僕の方を見る。

「んーそりゃあ、……えっとぉ……あれ？」

「………」

「歌手に……ううん？」

天井を見上げた状態で、伶花さんの返答は止まってしまった。

「どう……だったかなぁ……。ごめん、やっぱり記憶があやふやみたい」

「あ、いえ。今思い出せないなら無理しないでいいですよ。そのうち思い出せるかもしれないですし」

「……うん。そだね。あはは」

笑いつつもどことなく気まずかったのか、伶花さんは掛布団に蓑虫《みのむし》みたいにくるまってしまった。

二人してしばらく蓑虫状態で背を向けた伶花さんの様子を見ていたが、一向に動かないので日野さんが身を乗り出して伶花さんの顔を覗き込む。

「……寝てる」

「ええ……」

寝つきがいいにもほどがある。

まあ、気を悪くされるよりはマシだけれど。

「でも朝霧君、どうしてあんな事聞いたの？」

座り直した日野さんがお茶を一口啜ってから疑問を口にした。

「うーん……」

まだ確証に足る根拠が殆《ほとん》どない事を安易《あんい》に話すのも気が咎《とが》めるのだけれど、日野さんなら僕とは違った視点から考えられるかもしれないしなあ。

一瞬迷ったものの、僕は日野さんに朧気な自身の考えを話す事にする。

「圭一さんがさ、今の伶花さんは間違いなく出会った頃の伶花さんだって言ってたんだ」

「うん」

「それってつまり、さ。亡くなった頃の伶花さんとは別人て事なんじゃないかな……って」

「……？」

日野さんは小首《こくび》を傾《かし》げる。

頭上に特大の疑問符が浮いているような表情である。

まあ、同一人物と言った矢先に別人という話をしているので無理からぬ反応だとは思う。

「僕も上手い説明が中々思いつかないんだけど……、亡くなった頃の記憶がない……っていうより、そもそも亡くなったっていう経験をしていないような……、そんな気がするんだよ。容姿《ようし》にしたって、圭一さんと知り合って十年以上経過してから亡くなってるなら、今の姿は若すぎると思わない？」

「……圭一さんと出会った頃の伶花さんが今いる伶花さん……タイムスリップみたいな話？」

サクラが伶花さんを霊的なモノとして扱っている前提がなければ或《あ》いは、とも考えただろうけれど。

「ううーん……ごめん、やっぱりまだ頭の中で考えがまとまらないや」

オカルトとSFが混ぜこぜになってしまいそうだ。

圭一さんの記憶の向こう、遠い憧憬《しょうけい》の一頁を切り取ってきたような伶花さんという女性。

彼女の人物像は、快活な見た目とは裏腹に未《いま》だその輪郭さえもどこか朧気なままだ。

「私は……」

僕が眉間に皺《しわ》を寄せて考え込んでいると、日野さんがお茶を湯呑に注《つ》ぎ足しながらポツリと呟いた。

「私は、伶花さんが圭一さんを慕《した》う気持ちが本物なら、……圭一さんがそこに手を伸ばすなら、……力になりたい……って思う。今の伶花さんがどんな存在であっても」

人と関《かか》わる事を極端に避けていた頃の日野さんを知っているだけに、その言葉には彼女自身の祈《いの》りともいうべき強い意思が込められているように感じた。

「……そうだね。僕もそれは応援《おうえん》したいと思う」

「うん」

僕と日野さんは小さく笑い合った後、中断していたテスト勉強を再開する事にしたのだった。

——それはそれとして。

「これ……大分豪快《ごうかい》に寝てるけど……、僕寝る場所どうすんのさ」

「……コタツ?」

「ええぇ……」

寝床《ねどこ》を追われて一階のコタツで休んだ僕は、翌日終始気怠さに悩まされる事になったのである。

第四章　覚《サトリ》

1

凍雲《いてぐも》が薄く暮れる夕日に染められていく。

首元から冷えた空気が入り込んでくるので、コートを羽織《はお》っていても少し強めの風が吹くと結構な寒さを感じて思わず身震《みぶる》いしてしまう。

来週頭からはもう期末テストなので、僕らはテスト勉強の追い込み中だ。

「うう、しかし冷えるなあ」

「……マフラーくらいしてくればよかったのに」

寒風に首を竦《すく》めている僕とは対照的に、日野《ひの》さんはコートに手袋、更《さら》にはマフラーと完全装備でモコモコ状態である。

「二度寝が気持ちよくて寝坊して慌《あわ》てて出てきたからなぁ……」

「自業自得《じごうじとく》」

「……はい」

仰《おっしゃ》る通りでぐうの音《ね》も出ない。

「……それより、あれから伶花《れいか》さん、どう?」

「うーん。どう、と言われても……」

伶花さんが我が家から圭一《けいいち》さんの所へ移って五日になる。町会では「圭一の所に住み込みで働き始めた美人」と話題になったが、持ち前の人当たりの良さで上手《うま》く適応しているらしい。

僕もテスト前という事もあり何から何まで把握《はあく》しているわけではないけれど、伶花さんの経過観察と猫缶買いたさの小遣《こづか》い稼《かせ》ぎを兼ねてバイトの真似事《まねごと》を始めたサクラの話を聞いている限りでは、特段の変化はないように思える。

今の伶花さんがサクラ達のような妖《あやかし》と同じ原理で身体《からだ》を維持《いじ》しているのであれば、調子が万全《ばんぜん》になれば自然と霊気《れいき》を集めて身体を維持する事ができるという話だけれど、そのあたりが現状どうなっているのかはサクラにしかわからない。

「相変わらずあの調子みたいだよ。アイレンの集客のためにサクラと二人してあれこれ思案してるみたい」

「……大丈夫かな」

「うーん。まあ、楽しんでるならいいとは思うけど。気になる？」

「勉強する前に、ちょっと寄っていきたいかも」

「そうだね。なら、そうしようか」

邪推《じゃすい》するより現場一回である。

立ち寄ったら立ち寄ったでグダグダになりそうな気もするけれど。


「おかえりなさいませなのである、ご主……おや、本物のご主人達であったか」

「……何だ、その格好《かっこう》は」

店に入って早々に頭の痛くなる光景が目に入ってきた。

「うむ。伶花の新たな『経営戦略』というやつであるな」

自慢げに胸を張るサクラ。

僕はジト目でカウンターの伶花さんを睨《にら》んだけれど、

「どうよ夢路《ゆめじ》君。サクラちゃん、可愛《かわい》いでしょ」

悪びれる様子は微塵《みじん》もなく、サクラを着せ替え人形にして楽しんでいるようにしか思えない。

「こんなの着させてアイレンで何をやる気ですか……」

フリフリの衣装とかどこから持ってきたんだ。

「いやー、昔じゃ考えられなかったけどインターネットっていうの？　便利ねえ。宣伝だってSNS？　チラシなんて撒《ま》かなくても御覧の通りよ」

言われて店内を見渡すと、町内では見かけない層の客が何人も入っている。

……いいのか、これは。

「フフン、ご主人も私の普段見せない貴重《きちょう》で可憐《かれん》な姿を見て褒《ほ》め称《たた》えてよいのである」

「お前、伶花さんに集客のダシにされてるの気付けよな……。日野さんも何か言ってやって——」

「激写」

肩を落として溜息《ためいき》交《ま》じりに日野さんの方に目を向けると、何かスイッチが入ったらしい彼女はノリノリでポーズを取るサクラをスマホのカメラで撮《と》り始めていた。

「……いやあ、何というか、すまないネ」

盛り上がっている三人を後目《しりめ》に僕がカウンター席に座って項垂《うなだ》れると、苦笑《にがわら》いの圭一さんがおしぼりを渡してくれる。

これで圭一さんまであの空気に毒されていたらどうしようかと思っていたけれど、杞憂《きゆう》だったようで少し安堵《あんど》した。

「あの路線でお客さん釣《つ》ったたって続かないですよ、きっと」

「はは……かもしれないネ」

だいたい、アイレンにああいう騒がしいノリはマッチしないと思うのだけれど。

「伶花さんて、結構子供っぽいとこありますよね」

「うん、まあ、ネ」

僕の言葉に圭一さんも苦笑《くしょう》交じりで頷《うなず》いたが、

「あら二人とも、それはちょっと聞き捨てならないわね」

地獄耳なのか、僕と圭一さんが小声で話していたのがしっかり聞こえていたらしい。

「ああ、二人からそんな風に思われていたなんてショックだわ……！」

わざとらしくよろめきながら頽《くずお》れる伶花さん。

「特に夢路君、年上の魅力もわからないと大人《おとな》になってから恋愛に苦労……。あ、でも夢路君は咲《さき》ちゃんがいるから大丈夫《だいじょうぶ》なのね」

「どうしてそこで僕らの話になるんですか……。僕は日野さんにぃいいたいいた痛い痛い！」

いつの間にか隣《となり》に座り、頬《ほお》を赤くした日野さんに思い切り腕を抓《つね》られた。

「朝霧《あさぎり》君は墓穴《ぼけつ》掘るから、喋《しゃべ》っちゃ駄目《だめ》」

「……はい」

「あっはっは。学生は微笑《ほほえ》ましくていいわ、やっぱり」

僕らのやりとりを見て伶花さんはまたカラカラと笑う。

「で、ご注文は？」

「私は、陰干《かげぼ》し珈琲《コーヒー》を」

「……こ……黒糖カフェオレで」

「……っ、毎度あり」

……今、僕のカフェオレで、伶花さんまたちょっと吹き出したぞ。

くそう、人をお子様だと思ってこの人は……。

しばらくするとお客さんも捌《は》けて、店内は普段の静けさを取り戻していた。

サクラも労働から解放されて、カウンターの奥で、飾ってある鉢植えの花を眺《なが》めながら呑気《のんき》にお茶を啜《すす》っている。

「……伶花さんの僕らくらいの頃って、どんな感じだったんです？　高校の頃から大人の魅力とやらに溢《あふ》れていたんですか」

先程子供扱いされたのがちょっと悔《くや》しくて、僕は伶花さんにそんな話を振る。

「なぁに、さっきの話の続き？」

ニヤリとする伶花さん。

「私も聞きたいかも」

日野さんも興味津々《きょうみしんしん》のようだ。

「お、僕も伶花さん自身の昔話は殆《ほとん》ど聞いたことがなかったから聞きたいねェ」

意外だな、圭一さんも知らないのか。

「仕方ないなぁ。みんながそこまで気になるなら話してあげようじゃないの。私のいた高校は――」

得意気《とくいげ》に話を始めるものだと思っていた僕らだったけれど。

「高校、は――」

「…………？」

そこで、言葉が止まってしまう。

「あれ……？」

自信に満ちた笑顔が、徐々に苦笑へと変わっていく。

「私、高校……どこ通ってたんだっけ……」

「伶花さん……、あの、思い出せないうちは無理に思い出そうとしなくていいですから……」

ちょっとタイミング的によくない話題だったかと、いたたまれない気分になってしまった僕はそこで話を切ろうとしたけれど、伶花さんは慌てて僕を制した。

「いやいやいやいや、だって華の女子高校生時代すっぽり抜け落ちるなんて流石《さすが》に自分でも笑っちゃうよ。ちょっと待ってね、ちょっと」

「伶花さん」

　隣の日野さんが口を開く。

「……何、かな？　咲ちゃん」

「それより前の事は、憶《おぼ》えていますか？」

「それより、前……」

「中学校や、小学校の事は」

「…………やっぱりちょっと、思い出せないや」

「いえ……ご無理はなさらずに」

　あったはずの過去が。

　あるはずの過去が。

　振り返ったら見えなくなっている心境《しんきょう》とは、いかばかりだろうか。

「すみません、伶花さん。変な事聞いてしまって」

「ううん、こっちこそゴメンね。何か、微妙《びみょう》な空気にしちゃってさ。……圭一君、私先に上がらせてもらっていいかな……」

「ん？　ああ……今日はもうお客さんも捌けたし、構わないヨ。……ゆっくり休むといい」

「うん、ありがと。二人ともごめんね。また今度」

「あ――。いえ……」

バツが悪そうな表情のまま、伶花さんは奥に引っ込んでしまった。

「やっぱり伶花さん、記憶……欠けたままなんですね」

伶花さんが消えていったカウンターの奥に目をやったまま日野さんがポツリと呟《つぶや》く。

「それでも」

圭一さんは――。

「それでも、彼女がここにいてくれるなら……、僕は今のままで構わないサ」

白髪交じりの髪をくしゃっとやり、自分で淹《い》れたコーヒーをぐいっと飲み干した。

「圭一さんはああ言ってたけれど、伶花さんの記憶……元に戻るといいね」

「うん」

アイレンからウチへ向かう道の途中で僕らがそんな事を言っていると、

「さて、それはどうであろうな」

黙って僕らの前を歩いていたサクラが口を開いた。

「思い出すという事は忘れている事があるという事。しかし初めからそれがないのだとすれば、思い出すも何もないのである」

「どういう事？」

「二人はまだ伶花の事を故人《こじん》の霊だと信じたいようであるが……。前にも申した通り、どれほど霊格《れいかく》の高い者であろうと、人間の魂魄《こんぱく》は死後肉体を伴《ともな》って蘇《よみがえ》りはせぬ」

淡々と語られる言葉が、冷えた空気を伝って耳に刺さる。

サクラはこちらを振り向かずに歩いていくので、その表情を窺《うかが》う事はできなかった。

境内《けいだい》へ向かう階段に、サクラの足音がやけに響く。

「じゃあ……サクラは、あの伶花さんは一体何だって言いたいんだよ」

「私は当初から妖であろうと申しているのである」

その口から発せられた声は、やはり僕らの希望的観測に対して否定的なものだった。

「でも、伶花さんの歌は紛《まぎ》れもない本物だって圭一さんも言っていたんだぞ？　確かに記憶が色々欠けているみたいだけれど、圭一さんと出会った頃の思い出話だって結構していたじゃないか。それって本人の証《あかし》じゃないのか？」

「二人ともこうは思わぬか？　圭一殿と出会う以前の記憶を持たず、またその後せいぜい数年間の記憶しか持ち合わせていない。まるで――」

サクラが立ち止まり静寂《せいじゃく》の星空を見上げる。

「――まるであれは……圭一殿と出会った頃の新堂《しんどう》伶花という人間の記録だけを写した活動写真か何かのようではないか、と」

吐《は》く息は白く立ち上り、すぐに霧散《むさん》して行った。

2

目を閉じても凝《こ》らしても、時間は関係なく移ろいゆく。

僕らは今日も、慌《あわ》ただしく日々を送っている。

冷たさを増した空気に少しだけ身をかがめて、師走《しわす》の忙しさに急《せ》かされるように少し小走りで。

「パーティ？」

「うん」

「ウチで？」

「うん」

下校時間になり、冬休みの予定の話になった時、いきなり我が家でクリスマスパーティをやる事になっていると聞かされた。

「いつの間にそんな話に……」

「洋子《ようこ》さんと、この前お夕飯作ってた時に」

「……」

「うちはお父さん帰ってくるの毎年二十八日とかだし、クリスマスは何年も一人だったって話したら、じゃあ今年はみんなでケーキを食べましょうって」

「……なるほど」

思わず苦笑してしまった。

夏の一件以来何というか……、僕がどうこうするでもなく既《すで》にクリスマスの予定が決まっているあたり、僕が思っている以上に我が家にとって日野さんの存在は大きくなっているのを再認識させられる。

確かに正直、二人でどこかっていう話じゃないのを残念に思う気持ちもあるのだけれど。

でも、きっと。

今の彼女に必要なのは、そういう家族の団欒《だんらん》みたいなものだ。

今年はサクラもいる事だし、賑《にぎ》やかなクリスマスはきっと良い思い出になる。

「そういえば……僕のウチもずっと爺《じい》ちゃん婆《ばあ》ちゃんと三人だったから、特別クリスマスでパーティとかやった記憶ないんだよね。僕がうんと小さい頃……、両親がいた頃はやってたかもしれないけど。あとほら、一応神社だし」

堅物《かたぶつ》の爺ちゃんが、そういうの乗り気じゃない反応をしそうではあるけれど。

「洋子さんが宗一郎《そういちろう》さんに話してたけど、別に構わないって言ってたよ」

……根回しが早い。

それにしても……爺ちゃんも夏以来、随分《ずいぶん》と融通《ゆうずう》が利《き》くようになってきたなあ。

まあ爺ちゃんも難しい顔して口に出さないからわかりづらいけれど、何だかんだ日野さんの事は気に入っているみたいだし。

「あとは……」

日野さんが少し考えるような素振《そぶ》りの後、

「伶花さん達も、一緒に祝えたらって思うけれど……」

「……そうだね」

サクラの話によれば、伶花さんは次の日からまた店に出てきてはいるみたいだけれど、何だか考え事をしている事が多くなったらしい。

自分の過去が見えない事の不安を持ち前の明るさで打ち消そうとしているのだとしたら忍びないし、何の気なしに話題を振ってしまった自分の浅はかさが情けない。

「後で、お店行ってみようか？」

「うん」

無事期末テストも終わった事だし、伶花さんの様子を見に行く事になった。


「朝霧君、あれ」

昇降口を出た所で日野さんが正門の方を指差す。

「どうしたの……って」

正門を出てすぐの所に、見覚えのある姿が二つあった。

「サクラ……と、伶花さん……？」

こちらに気付いた二人が手を振ったので、僕らは顔を見合わせて正門へ急ぐ。

黙っていれば和装の麗人《れいじん》といえなくもない人型形態のサクラは下校中の生徒達の目を引くようで、チラチラとサクラの方を気にしながら出てくる生徒も多い。

「おお、ようやく出てきおったであるな。学業ご苦労である」

本人は全く気にしていないようで、カラカラと笑っているのだけれど。

「こんな所で二人して何してるんだ」

「うむ。『てすと』とやらも終わりであろうから、ご主人達を誘って町に繰り出そうと思ったのである」

「お前、アイレンでのバイトはどうしたんだよ」

「んっふっふ、案ずるでない。サボりではなく正式な休みである」

「あっはは。……二人とも、いきなりごめんね」

サクラの背後に隠れるように立っていた伶花さんが苦笑しつつ顔を出す。

「圭一君にたまには気晴らしでもしてきなさいって言われてサクラちゃんと一緒にお休み貰《もら》ったんだけど、今の鵜野森町《うのもりちょう》全然わからなくてさ。……それで、二人に案内頼もうかって話になって、ね」

「そうだったんですか……。いや、僕らもアイレンに様子見に行ってみようって話してたから丁度《ちょうど》よかったって言えばよかったんですけど」

「え？　そうなの？」

「先週末以来、伶花さんの様子が気になっていたもので」

僕が頬を掻《か》きながら言うと伶花さんは少し驚いたような顔になり、ややあってニヤリと意地の悪い笑《え》みを浮かべた。

「あらぁ？　駄目よ夢路君、私には圭一君がいるんだから」

「……茶化《ちゃか》さないで下さいよ。これでも心配してたっていうか……その、自分でも配慮《はいりよ》の足りない話振っちゃったなって気にしてたんですから」

「はーいはい、わかってますよ。全く、君ってばまだ学生のクセに変に大人に気を遣《つか》うんだから。でもありがとね」

そう言ってはにかんで、伶花さんは器用に片目を瞑《つぶ》る。

思わずドキリとしてしまったけれど、呆《ほう》けていたらジト目の日野さんに手の甲を抓《つね》られた。

「痛い痛い」

「それで、二人は具体的に行きたい所とかあるんですか？」

僕の手の甲を抓ったまま日野さんが伶花さんとサクラに尋《たず》ねる。

「無論《むろん》猫缶しょっぴんぐである！」

「私は色々見て回れればいいかなあ。昔と結構町並み変わってるみたいだから」

「じゃあ……駅前で買い物かな。あのあたりなら一通りあるし」

「あ、賛成。服も少し買いたいと思ってたんだ」

「うむ、私もまだ見ぬ新作猫缶を発掘するのである」

二人と一匹の女性陣であっという間に方針が決まり、僕らは駅のある南鵜野森方面へ歩き出した。

「……あのー、日野さん？」

「何？」

「手、抓られたまま……なんだけど」

「朝霧君は、少し反省が必要」

僕らのやりとりを見ていた伶花さんが耐え切れずに吹き出した。

「あっはっは、学生のうちから尻に敷かれてるねぇ、夢路君は」

「し、敷いてません」

「いやいや咲ちゃん、そのくらいで女は丁度いいのよ」

「……そうですか」

……丁度いいのか？

そんなささやかなツッコミさえもこの顔ぶれの前では口に出せそうになく、僕は冬の空に向かってこっそりと溜息をついたのだった。

3

三人寄ればかしましい、とはよく言ったもので。

それほど大きくはないとはいえ、買う買わないにかかわらず駅前の商業施設を端《はし》から端まで見て歩く伶花さん率《ひき》いるショッピング謳歌《おうか》女子の荷物持ちとして連れ回されたおかげで、既に僕の両腕は積載許容量《せきさいきょようりょう》をオーバー寸前だ。

そして今また駅ビルの衣料品店で三人が楽しそうに服選びをしているのをよそ

に、死んだ魚のような眼になって通路で呆けている次第《しだい》である。

また更に荷物が増えるのだろうか……。

そんな僕の心境を見透《みす》かしているのか、伶花さんは悪戯《いたずら》っぽい笑みを浮かべてみせる。

「夢路君、こういう時こそ咲ちゃんがどんなものに興味を示してるかわかる情報収集のチャンスなのよ」

「……む」

「服とかは……学生のうちは手が届かないにしても小物とか、ね。もうすぐクリスマスなんだし、よく見ておいて損はないいんじゃない？」

「まあ、確かに……」

「でしょう？」

言われてみれば一々ごもっともすぎて異論を挟《はさ》む余地がない。

「君達見てると初々《ういうい》しくて面白《おもしろ》いんだよねぇ」

通路の壁によりかかり、店の中で日野さんとサクラが楽しそうにあれこれ品定めしている様子を眺めつつ伶花さんが呟く。

「ね、そういえばさ」

「……何ですか？」

手にしたペットボトルの水をぐいっとやりつつ聞き返すと、

「サクラちゃん、人間じゃないんだってね」

「ブフッ！」

思い切りむせてしまった。

……アイツ自分から喋ったのか、何考えてんだ。

「私の身体の事を説明するのに説得力が必要だろうからってさ、目の前で猫になった時は流石に言葉も出なかったよ。でもまあ、そうなったら言ってる事がぶっ飛んでても与太話《よたばなし》だとは思えないじゃない？」

「そりゃあまあ、そうですけど」

「ついでに色々聞けちゃったけどね」

「色々？」

伶花さんはニヤリと意地の悪い笑みを浮かべる。

「夢路君が咲ちゃんを助けるために頑張った話とか、い・ろ・い・ろ」

「あんのバカ猫……！」

あの時は必死だったし、その事自体は僕の人生経験の中でも特に大事な思い出になったとはいえ、改めて第三者の口から言われると顔から火が出そうになる場面目《め》白押《じろお》しの話題である。

「素直に思った事を言葉とか行動に出せるのって子供の特権だから、悩んだり躊躇《ためら》ったりする前にガンガン伝えていかなきゃ」

「……高校生ですよ」

「私からしたら、お砂糖入れなきゃコーヒー飲めないうちはまだまだお子ちゃまよ」

「うっ」

……痛いところを。

「……第一、伶花さんだって二十代なんだから、そんなにしみじみしなくたっていいじゃないですか」

「私はさ……ほら、ちょっとした幽霊《ゆうれい》みたいなモンじゃない。記憶は曖昧《あいまい》、ナリは二十代。なのに同年代だった圭一君は渋いオジサマになっちゃってるしさ」

「……」

「あれからサクラちゃんに色々聞いたんだけど、幽霊だったらこうして実体《じったい》を伴う事は有り得ないんだって」

「それは……」

「言われてみれば、まあ納得《なっとく》もするよねぇ。妖……だっけ？　鬼太郎《きたろう》じゃあるまいし笑っちゃうけどさ。……でも、事実私が生きてたはずの時代から何十年も経《た》った時代に当時の姿でこうして立ってる以上、それこそSFかオカルトかのどっちかでしか説明つかない」

「伶花さん……」

「私が本当に……私が思ってる私かどうかだってわからない。今は――」

「伶花、ちと此方《こっち》へ来て我々の服の見立てを頼みたいのであるが。ひとつ『ハイソでオトナ』なヤツで頼むのである」

「――っと、ああ、はいはい。今行くから」

店の奥からサクラに呼ばれ、伶花さんはそれまでの少し寂《さび》しげな表情を明るく切り替えた。

「ごめんね夢路君、湿《しめ》っぽい話しちゃってさ。……そんな心配そうな顔しなくても大丈夫だよ。じゃあちょっち行ってくるからさ」

そう言うと伶花さんは小さく手を振り、小走りで店の中へ入っていった。

本来の……という言い方が正しいのかはわからないけれど、元々の新堂伶花さんという人物が既に他界している事は間違いない事実だ。

今こうして僕らと同じ時を過ごしている彼女が生前の……というか亡くなった時より若い、圭一さんと知り合った当時の伶花さんの姿である事の理由もわからない。

サクラは幽霊である可能性は低いと言っているけれども、その正体を特定するに至っていない。

それに、妖が化《ば》けているにしたって、当の本人はそういう事情を隠しているようには到底《とうてい》思えない。

正直いって現状、これ以上真相解明に繋《つな》がる情報がないのだ。

けれど。

圭一さんと一緒にアイレンにいる時の伶花さんはとても穏《おだ》やかな時間を過ごしているように見えるし、その時間がこの先も続くのであれば無理に真相なんて突き止めなくてもいいんじゃないだろうかという思いも、僕の中には少なからずあった。

それが例《たと》え、優しい嘘《うそ》の上にようやく成り立つ、アンバランスなものであったとしても。


結局その後も服まで買い込み、僕が持たされた荷物は更に量を増している。

「ほれほれご主人、腕が下がってきているであるぞー」

「……伶花さんと日野さんの分の荷物の中に、さりげなくお前が買い込んだ多量の猫缶も交ざってるだろ、これ……！」

「ご主人は花も恥じらう乙女《おとめ》の抑えきれない食欲に対して、もう少し気遣《きづか》いがあって然《しか》るべきであるな」

「花も恥じらう乙女は人を抱《かか》えてマンションの外壁を駆け上がったりしない」

「あっはは、飽きないねえ君達は」

僕とサクラがギャーギャー言い合っているのを伶花さんと日野さんが楽しそうに眺めながら歩いていた時だった。

ふと、古いテナントビルの前で伶花さんは足を止める。

「うわ、このビルまだ残ってたんだ。あ、三階の胡散臭《うさんくさ》い名前の健康器具メーカーとかもまだあるんだね」

伶花さんの記憶の中にある駅前の風景と合致《がっち》するものを見付けた安心感なのだろうか、心なしか嬉《うれ》しそうだ。

「あれ、じゃあひょっとして……」

何か小さく呟いた後、伶花さんはいきなり駆け出す。

「伶花さん!?」

僕の呼びかけには応《こた》えず、テナントビルの先の路地《ろじ》へ入っていってしまう。

「ちょ、ちょっと!」

追いかけようにも荷物が多くてダッシュなんてできそうにない。

「サクラ!」

「うむ、任せるのである」

後を追って走り出すサクラ。

「伶花さん、どうしたんだろう？」

「……何か、思い出したのかも」

「と、とにかく僕らも行こう」

大荷物を抱えなおし、ヨタヨタしながら僕らも二人の後を追った。


しばらく真《ま》っ直《す》ぐ行った先に、伶花さんとサクラの姿はあった。

見上げていたのは古い建物ではなく、数年前に建てられた介護施設だった。

「いきなり走り出したから何かと思いましたよ。……何かあったんですか？」

「……お店が入ってた建物、本当になくなっちゃったんだ」

「お店……ですか？」

聞き返してみたけれど、伶花さんは黙ったまま新しい建物を見上げている。

代わりに日野さんが、多分伶花さんが時々歌っていたというジャズバーの事だと僕に耳打ちした。

なるほど。

変わっていた町並みの中で、さっきの雑居ビルのように当時の面影《おもかげ》を残すものがまだ在った事でそれならばと考えたのか。

　この町で若かりし日の圭一さんと過ごした時期の記憶以外が欠損《けっそん》している今の伶花さんにとって、その残っている僅《わず》かな記憶さえも幻《まぼろし》のように感じられるのかもしれないと考えると、いたたまれない気分になる。

「――あー、こちらに何かご用の方ですかな？」

かけるべき言葉が見付からず僕らが立ち尽くしていると、施設の玄関から出てきたここの関係者と思《おぼ》しきお爺さんに声を掛けられた。

　普通、入居者の家族でもなければ入り口の前でずっと建物を見上げている理由もないだろうから当然ではある。

「あ、いいえ、すみません。そういうわけでは――」

　僕がお爺さんに謝ろうとしたその途中で、伶花さんが割って入った。

「あの、ここに在ったジャズバーの事、御存知ないですか？」

「……ジャズバー……？」

　総白髪のお爺さんは一瞬怪訝《けげん》そうな顔をしたが、思い当たる節《ふし》があったようで真っ白な眉《まゆ》がピンと跳ね上がる。

「もしかして……『ペーパームーン』？」

「そう！　そうです！」

「おお……憶えてますよ。私も若い頃常連でねえ。確かにここに昔在った建物の一階に入っとりましたが……バブルが弾《はじ》けてしばらく経った頃に店を畳《たた》んでしまいましてね」

「……そう、ですか」

「しかしお嬢さんみたいな若い人があの店の事を知っているとは……、親御《おやご》さんにでも聞いたのですかな?」

「……あ、いえ、その……まあ」

怜花さんは曖昧な返答になっている。

まさか店で歌っていた本人とも言えないだろうし、仕方ないのだけれど。

お爺さんは思い出を手繰《たぐ》るように言葉を続けた。

「あの店は当時は結構有名でね、スカウトされてアメリカに行った歌手なんかもいたんですよ」

「スカウト、ですか」

「そう。レコード会社の人なんかもあの店には出入りしていましたからね。目に留《と》まったんでしょう。確かに抜群《ばつぐん》に巧《うま》い子がいましてねえ」

思いがけず。

「確かシンドウレイカ……とかいう歌手だったかな」

伶花さんの失われた記憶の断片が、朧気《おぼろげ》に姿を見せた瞬間だった。

4

あの後、伶花さんは急激に体調を悪くした。

全身の力が抜けてその場にへたりこみ、自力《じりき》では立ち上がれない程だった。霊気体《れいきたい》の彼女を医者に診《み》せてもどうしようもないという事もあり、サクラに運んでもらって今はアイレンの二階——伶花さんが間借りしている部屋に寝かしつけ、サクラに診てもらっている。

部屋を出された僕らは、店の方でサクラの知らせを待っているしかない状況だ。

「疲れ……溜《た》まっていたんだよ、きっと」

圭一さんはそう言って無理に笑ってみせたけれど、僕と日野さんの前で動揺《どうよう》するところを見せたくないという気持ちから言っているのは明らかだった。

「昔、伶花さんが歌っていたっていうジャズバーがあった場所に行ったんです」

カップの中のコーヒーに目を落としたまま、日野さんが言った。

「建物はもうなくなっていたんですけど、そこに今建っている介護施設の方がたまたま当時のお店の事を御存知で……その時、伶花さんの話が少し出たんです。その後少ししたら、伶花さん……突然苦しそうにし始めて……」

「……そうか」

圭一さんがふかした煙草《タバコ》の煙が、細く天井《てんじょう》へ向かって立ち上っている。

黙り込んでしまった圭一さんに掛けるべき言葉が見つからず、僕はその煙を眺めているしかなかった。


サクラが一階へ下りてきたのはそれから三十分ばかり経ってからだ。

「とりあえず容態《ようだい》は安定したのである。もう目覚めているし、話がしたければ行ってやるとよいのである。私はここで休んでいる故《ゆえ》、何かあれば呼ぶがよい」

その報告を聞いて、沈んでいた気分が幾分持ち直してきた。

僕達は頷き合って、圭一さんに続いて二階へ上がる。

部屋では布団《ふとん》に寝かされた伶花さんが、どことなくバツの悪そうな苦笑いで迎えてくれた。

「……たはは、ゴメン」

「しばらくはゆっくり休むといい。……昔と違って僕の方はいい年の爺様でネ。心臓に悪いから年寄りにあんまり心配させないで頂戴《ちょうだい》ヨ」

伶花さんの横に座り込んだ圭一さんも苦笑しつつ、冗談《じょうだん》交じりに答えた。

「やっぱり、さ」

玲花さんは天井を見つめ、ポツリと呟く。

「私の知らない私がもう人生の足跡を残してるって聞いたら……痛感《つうかん》しちゃうんだよね」

「……」

「自分はどうしようもなく偽物《にせもの》で、弁解の余地もないほど紛《まが》い物だって」

「そんなことはない。君は君だ」

力なく笑う玲花さんの手を握《にぎ》って圭一さんが言葉を掛けたけれど、僕には圭一さん自身も複雑な感情を押し殺しているように見えた。

「夢路君も咲ちゃんも、面倒掛けちゃってゴメンね」

「……いえ、僕らはいいんです」

「今は、とにかくお休みになって下さい」

僕は日野さんと目配《めくば》せして、その場を離れる事にした。

精神的な部分は圭一さんに任せた方がいいと判断したからだ。

「僕達、ウチに戻ります。何かあったら連絡してくれて構いませんから」

「ああ、すまないネ。今度コーヒー、サービスするよ」

部屋を出て振り返った時に見た圭一さんの背中は、いつもより一回り小さく見えた。

夕食を終えた後、僕と日野さんは何をするでもなく居間でテレビを見ていた。

特段見たいものがあったわけではない。

静かだと伶花さんの事が気になってしまい、雑音程度でも何か気を紛らすものが欲しいという気持ちからだ。

けれどやはりというか、テレビの内容なんて頭に入ってこないのは僕も日野さんも変わらないみたいだった。

「……大丈夫なのかな」

「普通の人の体調不良とは違うからなぁ……」

「……うん」

詳しい事はサクラに聞いてみないことにはわからない。

けれどこれまで伶花さんがどこか調子を悪くした時は、決まって伶花さん自身の――とりわけ今現在僕らと交流している伶花さんが覚えていない、知らない事に直面した時だ。

「伶花さん、表向きはもうあまり気にしていないように振る舞っていたけど、やっぱり本来の……っていったら語弊《ごへい》があるけど、もう亡くなっている方の新堂伶花さんの辿《たど》った人生の顚末《てんまつ》が気になっているんだと思う」

「それが夕方の一件で一気に噴《ふ》き出したのかな」

でも、その点を解消する事は、今の伶花さんにとっては知らなくてもよい事を掘り起こす事になるんじゃないかという思いも僕にはあった。

それは、伶花さんと圭一さんの関係に他ならない。

今の伶花さんが圭一さんに絶対的な信頼と好意を寄せているのは僕らにもわかる。

けれど、それは同時に圭一さんがこれまでずっと独り身だった事に対する疑問にも行きつくのである。

たかだか高校二年の僕には大人の事情はよくわからないけれど、あまり軽い気持ちで探《さぐ》っていい話でもないだろう。

「時間が解決してくれる……ってわけにもいかないのかなあ」

「それだけの猶予《ゆうよ》があればいいのであるが」

唐突《とうとつ》に会話に割って入ってきたのはサクラだった。

僕らがアイレンを出た時には、まだ少しやる事があると言ってお店に残っていたのだけれど。

「サクラ、帰ってたのか」

「うむ」

サクラもコタツに入り、ミカンの皮を剝《む》き始めた。

「それで、猶予があればって、どういう意味なんだ？」

「難しい話ではない」

剝いたミカンをばらす事なく雑にかじりながら言う。

「霊気体は高密度の霊気を強い自己認識によって定着させる事で維持するものである。自分が『妖の者である』という認識も、また真に『新堂伶花である』という認識も持てぬままの状態が続くのは良いとは言えぬ」

「……それは、このまま現状維持じゃあマズいってことなのか？」

「私にできるのは足りなくなった霊気を補充《ほじゅう》してやることくらいであって、定着させるのは本人次第であるからな。このまま伶花の精神状態が不安定のままでいけば、早晩《そうばん》霊気体の維持にも支障《ししょう》が出よう」

「ええと……要するに『自分が何者か』を伶花さん自身が認識する必要がある……ってことか」

「とはいえ言うは易《やす》し、行うは何とやらである」

サクラは横目で僕の方をちらりと見る。

「まず、自分が妖の者だと自覚させる選択肢《せんたくし》であるが、……今の伶花の基《もと》になっている妖の正体がわからぬ。本人に妖としての自覚がない以上、本人から情報を得ることもできぬ。これでは妖として己《おのれ》の存在を強く認識する事は叶《かな》わぬのであるな」

「サクラは、伶花さんはやっぱり幽霊とかじゃなく妖だって見てるんだな」

「人間と妖の魂魄では霊気の密度が圧倒的に異なるのである。いかに高名な術者であっても、人の魂魄が死後霊気の肉体を持って黄泉還《よみがえ》る事などできぬ」

日野さんの表情が少し苦しそうなものになる。

日野さんは伶花さんが本人の幽霊か何かであったらという希望を抱いていたのだ、無理もない。その視線が縋《すが》るようにサクラへ向けられる。

「でも……サクラが知らないだけで、たまたまそういう事ができ――」

「できぬよ。……もしそうであれば、私もかつて旧友を失ったりはしなかった」

「……！　ごめん……なさい」

苦虫《にがむし》を噛《か》み潰《つぶ》したようなサクラの表情に、日野さんも思わずはっとなる。

長い時間を生きるサクラである。

ここへ来る以前の彼女にもやはり、忘れがたい人間はいるのだろう。

そうした知見も踏まえて、僕らがなるべく後悔《こうかい》する事がないように忠告しているのだと知った。

けれど。

それでもできれば、希望的な見方を否定したくないという思いが残る。

もし伶花さんがやはり妖であるとするならば、僕達が一緒の時間を過ごしてきた新堂伶花さんという人物は、少なくともかつて圭一さんと同じ時を過ごした人物とは別人である事が決まってしまうのだから。

「厄介《やっかい》なのは当人に自覚がないという点であるな。あれが『私達を騙《だま》すために演じている』のであれば、私が容赦《ようしゃ》なく調伏《ちょうぶく》して一件落着なのであるが……、あいにくとあれには一片《いっぺん》の悪性もない。それはこの霊験《れいげん》あらたかな鵜野森神社の敷地内で自由に動き回れる事で立証《りっしょう》済みである。……まあ、だからこそ、今回のように自己の存在を定着させる事を揺るがす要素に直面して不安定になったのであろうが……」

「……」

「妖としての正体がわかったとしても、あやつは自分を新堂伶花であると信じようとしているのである。圭一殿への思慕《しぼ》の情も、偽《いつわ》りというわけでもないのであろう。それだけに、妖としての自己を認めさせる事で今の伶花の心がどうなるかは見当がつかぬ」

「見当がつかないって……」

「最悪、今の霊気体を定着させること──繋《つな》ぎ止めておくことができなくなるやもしれぬ。勿論《もちろん》その際は妖としてのあやつの正体の方が代わりに残るであろうが、その場合……今在る伶花の心がそのまま残る望みは薄かろうなのである」

今の伶花さんの自己認識が全部崩壊する可能性がある、という事か。

「そんなの……伶花さんが不憫《ふびん》すぎるじゃないか」

「ふむ」

サクラは僕の顔を見て何事かをしばらく考えていた。

「……何だよ」

「いや。……それよりもう一つの選択肢であるが、これは逆に人間としての自己認識を補強する方法である。即《すなわ》ち今の伶花に欠損している新堂伶花という人間の情報を集め、それを伶花自身が自己の情報として受け入れることである」

人間としての情報を補強する事で霊気を定着させる強度を高めるって事か。

それが上手《うま》くいけば伶花さんは今と同じ生活を安定して続けていけるという事だ。

僕と日野さんは顔を見合わせて頷き合う。

「それなら迷う事ないだろう。伶花さんが今の生活を続けていける確率が高い方がいいに決まって――」

けれども、サクラの出した回答は僕らの考えとは逆だった。

「――私は、選択肢が双方実行可能であるなら前者を優先すべきだと考えるのである」

居間に何ともいえない沈黙が流れる。

「……どうして?」

サクラは日野さんの問いかけにすぐには答えず、網籠《あみかご》から新しいミカンを手に取ってしばらくいじりまわした後、

「妖は人間の心の力を糧《かて》に己の霊気を作り出して生きる。伶花に妖としての自覚が目覚めなければ、霊気を自分で賄《まかな》う事はできぬのである」

「でも、今はサクラがウチで集めた霊気を分けてあげてるんだろう?」

「今は別に構わぬ。私も別にあれが嫌いではない故に。世話を焼くこともやぶさかではない」

「なら……」

「では二十年後は?」

「……え?」

「五十年後は?」

「……」

「人としての情報を補強して一時《いっとき》を凌《しの》いでも、霊気体が人間の身体そのものになる

わけではない」

それは――。

「伶花を人間として生きさせる事は元来《がんらい》無理がある。歳《とし》も取らない姿では普通に考えて同じ土地に何十年も留《とど》まれないし、隣人との時間の流れに差があることに、おそらく人の心のままでは耐えられぬのである」

それは、サクラ自身の経験からくるものなんだろうか。

猫又《ねこまた》として百五十年以上という時間の中で交流を持った人間達がこの世を去っていくのを何人も見送ってきたであろう者の言葉は、伶花さんの今後を案じているようにも思えた。

サクラは剝き終えた新しいミカンにまたかじり付きながら、

「そういった理由から、妖としての正体を解明し、妖として生きさせる方が無難なのである。まあそれでも……優しい嘘《うそ》に皆が納得ずくで乗っかるというのなら、それもまたよしである。そもそもどちらが現実的かという点は別物であるから、まずはそちらを模索《もさく》してみない事には結論も出ないのである。ただ、伶花が霊気体を定着させる力は少しずつ弱くなっている事、ゆめゆめお忘れなきように、な」

サクラはそれだけ言うと、伶花さんの治療で消費した霊気を補充しに社殿《しゃでん》へ行くと言って居間から出ていってしまった。

サクラが出ていった方をしばらく見つめていた日野さんがポツリと呟いた。

「朝霧君は、どっちを優先するべきだと思う？」

「……わからない。サクラは最初、妖としての本来の存在を維持する事を優先するべきだって言いたいのかと思ったけれど、伶花さんが伶花さんとして在り続ける事でこの先背負う苦悩の事まで考えてた」

「……うん」

妖としての自覚を取り戻した場合、伶花さんであった間の記憶とか想いが残せるかどうかわからない。

あくまで人としての霊気体を維持するにはこの先ずっとサクラの助けが必要になる上、人間として何十年とこの町に留まる事は難しい。何よりその頃には圭一さんや、下手《へた》すれば僕らもいなくなっている可能性だってある。

未来の彼女に、今抱えている問題を丸投げする事になるかもしれない。

「どっちが現実的か、か……。けどまあ確かに、妖としてのルーツもまるで見当がついていないんだよなあ……」

「…………」

「日野さん？」

下を向いて押し黙ってしまった日野さんは、ややあって思いつめたような顔で僕を見る。

「私……心当たりあるかもしれないんだ。伶花さんの……妖としての正体」

5

『今昔画図続百鬼《こんじやくがずぞくひやっき》』上巻。

サトリという名前は、そこに記されていた。

漢字で書くと「覚」。

もっとも、解説本は学校の図書室なので、今は僕の部屋でネットを漁《あさ》って引っ張り出した情報なのだけれど。

「……何か、これ獣《けもの》が二足歩行してるみたいな絵だね……」

けむくじゃらの、海外のオカルト眉唾《まゆつば》動画に出てくるビッグフットみたいな外観のイラストが描いてある。

「これは鳥山石燕《とりやませきえん》が当時伝えられていた伝承《でんしょう》とかを元に描いた絵だから、流石に実物を見て描いたわけじゃないと思う」

まあ、そりゃあそうだろうな。

　怪異の外観なんて大昔の山村の言い伝えから波及《はきゆう》した怪談噺《かいだんばなし》が人から人へ渡り歩くうちに脚色《きやくしよく》に脚色を重ねて変容《へんよう》していくのだから。

「外見はともかく、内容を読んでみて」

「ええっと……。飛驒美濃《ひだみの》ノ深山《しんざん》ニ玃《かく》……アリ……？」

「もう少し、先。えっと、このあたり。ヨク人ノ言《こと》ヲ為《な》シ、ヨク人ノ意《こころ》……ヲ察《さつ》ス」

「人の心を読み取る……って事なのかな……？」

　二人で記事を読み進めていくと、色んな時代の逸話《いつわ》に登場する類《たぐい》の妖である事がわかってきた。

　山間部の伝承にしばしば登場したというこの妖は、驚かすだけであったり取って食おうとしたりと諸説あるようだけれど、概《おおむ》ね共通しているのは人心を鮮明《せんめい》に読むという点だ。

　ここがおそらく、サトリの怪異としての中心的な要素なのだろう。

　けれど、どうして日野さんはここに行き着いたんだろうか。

　人語《じんご》を操《あやつ》る妖、というだけならばサクラのような猫又だって該当《がいとう》するし、この今昔図画……何とかっていう資料の中だけでも人を化《ば》かす狐《きつね》とか色々出てきているのだ。

「この妖と伶花さんに、何か共通点ある？　……伶花さん、別段こっちの考えてることを言い当てたりしたこともなかったと思うんだけど……」

思い返してみても、そういった状況に僕は遭遇《そうぐう》していないし、そういった情報も仕入れていない。

覚《サトリ》＝伶花さんという結論に、僕は辿りつけていない。

「わかってる情報だけで推測《すいそく》しているから、確証……はないけれど」

日野さんは言いながら紙にボールペンで何かの図を手早く描き始めた。

二本の平行な線を引いて、均等割り付けみたいに文字に間をあけて『新堂伶花』と書き、全体を三つ折りする。

「伶花さんは、自分の過去の事、殆ど憶えていないよね」

「……そうみたいだね」

「高校以前の事とかは特に思い出せないみたいだった」

折り目で三分割した片側の端のエリアに斜線を引く。

「それと、歌手志望だった自分が最終的にどんな人生を送ったのか、わからない感じだった。今の外見年齢以降の事はほとんど知らないんだと思う」

そしてまた逆側のエリアに斜線を引く。

残ったのは『新堂伶花』の『堂伶』のあたりだけだ。

そして最後に、そこに赤ペンで『伶花さん』と上書きをした。

「このサトリが今の伶花さんの基《もと》になっているんだとしたら……、読み取り、写し出したのはこの時期の伶花さんの姿」

「え……それじゃあ……」

「そして、写されたのは多分――圭一さんの思い出」

ある時期より前の過去を自分の出自《しゅつじ》を含めて憶えていない事も、起こったはずの未来を知らない事も。

あの伶花さんが元々「知らない」のであれば、確かに説明はつく。

憶えていないのではない。知らないのだ。

「性格も、話し方も……得意な歌も、圭一さんの記憶に今も鮮明に在る『本来の新堂伶花さん』の情報だとしたら。交流のあった時期に聞かされていない過去の情報を今の伶花さんが持っていないことも、何かの事情で交流が途切れた後の情報を持っていないことも、繋がると思う」

日野さんの言うように、僕らが見ている伶花さんが、サトリという妖が圭一さんの思い出の伶花さんを基にした姿で、あの声も、笑顔も、今の伶花さんを形作るものの全てが、人の思い出からの借り物だとしたら。

そしてそれを、伶花さん自身は自覚していないのだとしたら。
今の――圭一さんに心を寄せている伶花さんに伝えることは、あまりに残酷《ざんこく》な話であるように思えた。

週が明けても僕らはその話を、圭一さん達にも、サクラにさえも伝えられなかった。

もう今週は短縮日程で、テストの返却《へんきゃく》以外では授業らしい授業もなく、部活も休みなので逆に考える時間が増え、余計に頭を悩ませることになってしまっている。

テスト前はあれだけ心配していた苦手科目の数Ⅱと物理もどうにかお咎《とが》めを受けずに済む点数だったというのに、晴れやかな気分にはなれそうになかった。

それでも伶花さんの様子は見に行かなければならない。

状況がいつ悪化するかわからないのだから。

「やあ、二人ともいらっしゃい」

アイレンに顔を出すと、圭一さんが穏やかな笑みで迎えてくれた。

「こんにちは。伶花さんのお加減はどうですか？」

「うん……まあ、一昨日《おととい》から比べたら良くなっているんじゃないかナ」

「会えますか？」

「ああ。会ってあげてほしい。出歩かせるわけにはいかないけれど、ずっと寝ているのもよくないしネ。君たちと話をしていれば、気も紛れるだろうから」

圭一さんに促《うなが》されて、僕らは伶花さんの部屋のある二階へ向かった。


「あら、二人とも学校もう終わったの？　まだお昼過ぎだけど、ずいぶん早いのね」

僕らが伶花さんの部屋へ入ると、彼女は布団から身を起こしていた。

小説か何か、本を読んでいたみたいだ。

寝たきりで暇を持て余しての事なのか。

それとも僕ら以上に、余計な考え事で不安に駆られてしまうのを避けたかったのだろうか。

「今週はずっと午前中だけです。もうじき冬休みですから」

「身体の調子は、いかがですか？」

伶花さんの横に座り、日野さんは伶花さんの顔を覗き込んだ。

「サクラちゃんも様子見に来てくれてるし、そんなに心配しなくても大丈夫よ。私としては早くお店手伝ったりしたいくらいなんだけど、圭一君に『しばらく大人しくしてなさい』って叱《しか》られちゃってさ。はは」

苦笑して頭を掻く。

努めて明るく振る舞っているけれど、本調子の時と明らかに違っているのは僕にでもわかる。

僕らの手前、気を遣わせたくない思いからそういうふうにしているのだろうけれど、かえってそれが痛々《いたいた》しかった。

「伶花さん、それ。今何か聴いてたんですか？」

日野さんが何かに気付いて指をさす。

よく見ると、伶花さんの首にはイヤホンのコードらしきものが下がっていた。

「え？　ああこれ？　ビル・エヴァンスの、ね。いやー三十年以上も経つと、アナログのレコードで聴いてた曲がこんな小さいもので聴けるなんて凄《すご》いよね、ほんと」

「あ、私もこの間買ったばかりで。いいですよね。『マイ・フーリッシュ・ハート』なんてとっても大人っぽくて、憧《あこが》れちゃいます」

「あら。でもね、ふふ。あの曲は憧れるっていうより、まさに今の咲ちゃんに合ってると思うけどな」

「そう……なんですか？」

「あの曲は大人の曲っていうよりは、自分の中には芽生《めば》えないと思っていた感情を自覚して、戸惑《とまど》って、不安で、でも嬉しくなって。そういう、めまぐるしい想いに揺れる曲なんだ。だから、ね？　お姉さんはあの曲を聴くと君達若者のやりとりをニヤニヤ眺めつつ、圭一君と会った頃の事に想いを馳《は》せたくなるわけですよ」

「れ、伶花さん」

日野さんは何だか赤くなって下を向いてしまっている。

伶花さん、自分の身体が大変だというのに、日野さんをからかっている余裕があるのだろうか。

……いやだからこそ、か。

明るく快活な自分であろうとする事で、不安を払拭《ふっしょく》したいのだ。

自身が「新堂伶花であること」に確証を抱きたい。今ここにある、自分を許容《きょよう》し受け入れてくれた圭一さんと暮らす世界を守りたい。

伶花さんは闘っているのだ。自分が自分でないかもしれない不安と。

それを考えたら「貴女《あなた》は自分が思っている貴女ではないのだ」という立場をとる事なんて、簡単にできるわけがなかった。

「ね、冬休みってことはさ、クリスマスは二人でどこか遊びに行くの？」

少し悪戯っぽい笑みを浮かべた伶花さんが身を乗り出してくる。

「い……いきなり何の話ですか」

「えー。だって二人とも揃《そろ》いも揃って奥手《おくて》っぽいからさ？　身近な立場のお姉さんとしては色々と発破《はっぱ》かけて力になってあげたいじゃない」

「……クリスマスは朝霧君の家で、皆でパーティやるんです」

「神社でクリスマス？」

「僕もこれまでウチでやった記憶ないんですけど、まあ境内《けいだい》でやるわけじゃないですし」

「私も、この時季はずっと家で一人だったので。家族みたいな人達とクリスマスパーティするの、楽しみなんです」

「……そっか」

日野さんを見る伶花さんの笑顔は、とても穏やかだった。

穏やかで、慈愛《じあい》に満ちて。

それでいてひどく眩《まぶ》しいものを見るように、目を細めているようにも思えた。

第五章　遠き願い（前編）

1

ベランダから、星を見ていた。

考えていたのは勿論《もちろん》、圭一《けいいち》さんと伶花《れいか》さんの事だ。

霊気《れいき》の身体《からだ》に綻《ほころ》びが出始めた伶花さんが、この先も存在し続けるためにとるべき選択肢が二つある事。それらはいずれを選んでも相応《そうおう》のリスクがある事を伝えなければならない。

妖《あやかし》として生きる道を選べば、最悪、今の伶花さんが消えてしまうかもしれない。

人として生きる道を選べば、一時《いっとき》は幸せでも数十年後、孤独になった伶花さんに同じ問題を先送りするだけ。

どちらが正解かなんて、僕にはわからない。

それはきっと、隣《となり》で空を見上げている日野《ひの》さんも変わらないんだろうと思う。

「無理、してたよね。伶花さん」

「多分、ああしていつもの伶花さんらしく──いつも以上に伶花さんらしく振る舞っていないと不安なんだ。……そうしていないと、足元が崩れ落ちてしまうみたいな気分なんだと思う」

元々がどうであれ、今の彼女は人間で在ろうとしている。

圭一さんに心寄せる、新堂《しんどう》伶花という人物で在ろうとしている。

そして故人《こじん》である本来の新堂伶花さんという人が残した人生の足跡《そくせき》が垣間《かいま》見えるこの世界で、揺らいでしまった自分の在り方を支える何かを必要としている。

果たして伶花さんや圭一さんにとってそれが何であるのか、今の僕らにははっきりした答えが見えていない。

「いくら考えても、私がそうあってほしいって思うだけの話になっちゃって、それが二人にとって本当にいいことなのかわからないの」

伏し目がちに言った日野さんの表情は、ひどく苦しそうだった。

今目の前にある彼らの小さな幸せが、変わらず続いてほしいと願う事が悪い事であるはずはないと思う。

けれど、このまま今の伶花さんを人として生きさせる選択肢を「優しい嘘《うそ》」と言ったサクラの言葉が僕の頭の中にずっと残り、鈍《にぶ》く響いていた。


「程々にしておかぬと二人して風邪《かぜ》をひくのであるぞ」

不意《ふい》に上から声がして振り返ると、屋根の上からサクラが僕らを見ていた。

「……いつからいたんだよ」

サクラは屋根からふわりと飛び降り、僕らの目の前に音もなく着地した。

「ご主人達と入れ違いで伶花の様子を見に行って、今しがた戻ったばかりであるな」

「それで、どうなんだ？　伶花さんの身体は。僕らが行っても無理して明るく振る舞ってくれるから、正直わからないんだよ」

「状況は変わらんであるな」

サクラは腕組みをして溜息《ためいき》を漏《も》らす。

「とりあえず、しばらくは大丈夫《だいじょうぶ》って事？」

「……ご主人、穴の空《あ》いた器《うつわ》が空《から》にならぬように大量に水を注《そそ》ぎ続けている状態は大丈夫とは言わぬよ」

「っ……」

……確かに。

毎日のようにサクラが治療《ちりょう》を続けても状況が変わらないという事は、おそらくそういう事なのだ。

「私達妖にとって精神の状態は、人の身のそれよりも直接的に存在の強さを左右する。自己の存在を肯定《こうてい》できなくなれば、霊気体《れいきたい》を一つの形に留《とど》めておく事も難しくなるであろう。まして本体のない今の伶花の身体では尚《なお》の事」

……？

サクラの言葉に引っ掛かりを憶《おぼ》える。

「……どういう事？」

「ふむ。あの伶花に妖として在った頃の記憶《きおく》がまるで残っていない事にはずっと違《い》和感《わかん》があったのでな。治療中にあれこれと探《さぐ》ってみたのであるが、どうもあれには本体と呼べるものが無いのである」

「えっと……。もう少しわかりやすく説明してくれないか？」

「私の本体は江戸末期より長き時を生きた猫の身体である事は存じておろう。この人型変化《へんげ》の姿は、その上に高密度の霊気で作り出した人に似せた霊気体を纏《まと》っておる事も」

「……うん」

「伶花の霊気体の中にはその本体が見当たらぬ。おそらくアイレンにあの日現れた時から既《すで》に、脆《もろ》い空の入れ物に霊気をどうにか留《と》め置いているような状態なのである」

「どうしてそんな状態に……？」

「私とご主人があの晩店に踏み込んだ時には既に伶花が出現した直後であった故《ゆえ》、そのあたりは圭一殿にもう一度話を聞く必要があるのである。ただ――」

「――ただ？」

「何かの理由で本体が失われるほど弱り、霧散《むさん》しそうなほど薄まった霊気体が不完全な形とはいえ一つの形となって現界《げんかい》する。それには本来何かしらの依代《よりしろ》と、きっかけが必要なのである」

「――ねえ、サクラ」

　サクラの話を聞いていても今一つイメージが湧《わ》いてこなくて首を捻《ひね》っていたのだけれど、日野さんは何か摑《つか》み始めているようだった。

「つまり――あの姿で現れた事の理由になる何かが、まだ在るっていう事？」

「流石《さすが》に咲《さき》は察しが良い」

「……どうせ僕は察しが悪いですよ」

「フハハ、拗《す》ねるでないご主人」

「でもそれなら朝霧《あさぎり》君、それがわかればどうして伶花さんが圭一さんの記憶を写し取った姿なのか、わかるって事だよね」

「うん」

「……む？　記憶を写し取る……とは？」

サクラが眉《まゆ》をひそめる。

日野さんがハッとする。

この件に関してどちらかといえば妖としての存続を優先《ゆうせん》すべきという立場だったサクラには、言い出しにくくて僕らはまだその話をしていなかったんだ。

でも、どちらの手段も決め手がない上に時間的な余裕がなくなってきている今となっては、僕らの一方的な希望だけで考えているわけにもいかないのは明白だ。

「サクラ、ちょっと長くなる。場所を変えよう」

僕は、現時点で僕と日野さんの考えている伶花さんの妖としての正体についてサクラに話す事にした。

僕の部屋に場所を移し、日野さんに見せてもらった妖関連の資料をまじえて「サトリ」の話をしている間、サクラはずっと黙ってパソコンの画面を見ていた。

「それで……どう思う？」

「ふむ。いんたあねっとはやはり便利なものであるな。願わくば私の絵姿ももっとこう、実物に則《そく》した美人に描いてほしいものであるが」

「そうじゃなくて。今の話、どう思うんだ？」

「……どう、とは？」

「怜花さんの基《もと》になってるのが『サトリ』じゃないかって事だよ」

サクラはベッドにドカッと腰を下ろす。

「信憑性《しんぴょうせい》はそこそこ以上にあろうな。確かにサトリの権能《けんのう》であれば、人間の記憶を鮮明《せんめい》に写し取る事も不可能ではない」

それだけ言ってベッドの上でゴロゴロし始めてしまう。

「なんか、機嫌《きげん》悪くないか？」

「べっつにー？　ただあれだけの事件をともに乗り越えた間柄だというのに、ご主人も咲も案外私の事を薄情者《はくじょうもの》だと思っていたのであるなーと。あーあ、世の中世《せ》知辛《ちがら》いであるなー」

……ヘソを曲げてしまった。

「う……、悪かったよ」

「その……、ごめんなさい」

僕らが揃《そろ》って謝ると、しばらくしてサクラは身を起こし胡坐《あぐら》をかいてハタハタと手を振った。

「まあ会ったこともない『妖としての伶花』と、数週間とはいえ心通わせた『人としての伶花』では、後者を選びたくなるのは人の子のご主人達にとっては無理からぬ事である故、気に病《や》む必要はないのである。しかし――」

「……しかし？」

「妖としての意識も、本体すらも失うほどに希薄《きはく》になってしまったとはいえ……、今の伶花の中には、かつては伶花ではなかった別のモノがいる。そしてそれは十中八九私と同じ、妖のモノなのである。その事だけは、覚えておいてほしいのである」

僕らの知っている伶花さんの基になった妖の、妖としての意識や記憶は消え失せてしまっているのか、それとも眠っているような状態なのかはわからない。

けれど、それが伶花さんの今後に関わるのならば、知らない事を知らないままにしてはいけないのだと思った。

後から「知らなかったんだ」という後悔《こうかい》をしないように。

「わかった。サクラ、明日みんなで圭一さんに話をしに行こう。圭一さんが何て答えるかわからないけれど、きっと早い方がいい。話を聞くのも、話をするのも」

例《たと》え僅《わず》かでも、自分の選択に責任を持てるように。

2

半日日程で学校を終えた僕らが北鵜野森町《きたうのもりちょう》へ戻ると、商店街の入り口でサクラが待っていた。

「店は今日はやっていないようであるぞ」

「定休日だから、今日はこっちからだよ」

二人を連れて店の脇に回り、二階への階段を上る。

一階は丸々店舗《てんぽ》なので、二階の住居部分へは店のカウンター奥の階段を上るか外階段を上って二階の玄関から入る事になるのだ。

インターホンを押してしばらく待っていると、やがて玄関が開いて中から圭一さんが顔を出した。

「やあ、お揃いで。伶花さんの様子を見に来てくれたのかな」

「それもありますけど、圭一さんにも話しておかなきゃいけない事があるんです」

「僕に？」

「はい」

圭一さんは僕ら三人の顔を見渡して、少し重たい空気を感じたのだろうか、

「……ま、とりあえず上がりなさいヨ。コーヒー一杯くらい飲んでからでもいいんじゃないかな」

　努めて明るい顔で笑ってみせた。


「片付かない部屋で悪いネ」

　僕達三人が案内されたのは圭一さんの部屋だった。

　棚にはアナログレコードがびっしりと並んでいる。

　趣味部屋というか書斎というか。

　レコードプレイヤーを中心に半円状にソファを並べてある。

　好きな音楽を流してゆっくりするにはうってつけの環境だろうし、何というかやはり……シブい大人《おとな》な趣向《しゅこう》だ。

「凄《すご》い……」

　心なしか日野さんの目がキラキラしている。

「ご主人、私もご主人の部屋に棚を設《もう》けて猫缶を並べたいのである」

　……お前はコレクションするより前に消費するだろ。

「それで圭一さん。その……伶花さんは、今……？」

「うん、午前中は起きていたんだけど……昼前くらいからまた眠っているんだヨ。

……起こしてきた方がいいかい？」

最終的には伶花さん自身にも話さなければいけない事ではあるけれど、今回の一件が圭一さんの心象《しんしょう》風景に起因《きいん》している事を考えると、先に圭一さんに話をしておいた方がよいであろう。

僕がサクラに目配《めくば》せするとサクラも同じ考えのようで、静かに頷《うなず》いた。

「いや、圭一殿。無理に今起こすことはないのである。それならそれで、圭一殿にしておくべき話があるのである」

「……その話……っていうのは？」

「伶花は今のままでは身体がもたぬやもしれぬ」

「っ……」

圭一さんの表情が少し険《けわ》しくなった。

「伶花が現れた晩の光景を憶えていれば、あの伶花が普通の人間でない事は理解しているであろう？」

「……ああ。まあ、ね。オカルトにはとんと疎《うと》かったけれど、実物を見たら流石に……ね。正直、幽霊《ゆうれい》とあんな風に会話ができるだけじゃなく、一緒に食事をしたりお店を手伝ってもらうことができるなんて思ってもみなかったけれどサ」

「伶花は幽霊ではないのである」

ほんの一瞬の間《ま》があった。

「……ありがとう。君達がそういう風に彼女と接してくれるから――」

「そうではない。捉《とら》え方の問題ではなく、事実として、あやつは新堂伶花の幽霊などではないのであるよ、圭一殿」

苦笑《くしょう》して頬《ほお》を掻《か》いた圭一さんの言葉を、サクラは静かに打ち消した。

淡々と、ただ在る現実をつきつけて。

「お、おいサクラ……もう少し言い方が……」

「ご主人、これは誤魔化《ごまか》してはならぬ事である」

「……っ」

「どういう……ことなんだい？」

「あの伶花には若い頃の圭一殿と出会う以前の記憶がない。圭一殿との交流が何らかの事情で疎遠《そえん》になった後の事も記憶にない」

「そりゃあ……記憶がきっと曖昧《あいまい》で……」

「圭一殿と伶花が出会った時期と亡くなった時期とは十年以上の開きがあるにもかかわらず、あの伶花は圭一殿と出会った頃の姿をそのまま留めている」

「……」

「あれは妖。伶花であって伶花ではない。圭一殿の、本来の『新堂伶花』との在りし日の姿と記憶を写し取った――別のモノ」

「……」

「それ故に、圭一殿が知っている伶花に関する情報以外の事をあやつは知らぬのである」

圭一さんはしばらく下を向いて黙っていたけれど、ようやく顔を上げた。

けれど、眉間《みけん》には皺《しわ》が寄ったままだ。

「僕も身近に洋子《ようこ》クンのような友人を持つ身として、その手の事に詳しい人がいる事を頭では理解しているし、現に今回起きたことが一般常識で整理できない事もわかっているヨ。けれど、サクラちゃんの言う……伶花さんが本当の伶花さんではないアヤカシ――妖怪《ようかい》の類《たぐい》が化《ば》けてるっていう点についてはどこまで信じていいのかわからないな」

信じたくない、という思いが伝わってくる。

心通わせた人が本物ではないと言われているのだ、無理もない。

「人に化ける妖を見たことがなければ信じられぬ話。――まあ道理であるな」

溜息を一つつくと、サクラはソファから立ち上がった。

目を閉じて何事かを短く呟《つぶや》く。

サクラの身体が淡い光に包まれたかと思うと、それまで人の姿をとっていたサクラは本来の黒猫の姿へと戻っていた。

「――っ!?」

黒猫に戻ったサクラは一つ伸びをすると、再びなにかを呟いて先程までの人型形態に変化《へんげ》してみせた。

「あまり悠長《ゆうちょう》にしてもいられぬ故に雑な説明になったが、まあこういう事のできる私のようなモノも現実として存在するのである」

「……何というか……完全に漫画の世界を見ているみたいで理解が追いつかない…………」

「それでも、本当なんです。私も夏に、別の妖から朝霧《あさぎり》君とサクラに助けてもらって……」

「君達は……いや、それよりも……、それじゃあ倫花さんも、その……今のサクラちゃんみたいに……？」

「私は意図《いと》して人の姿をとり、変化している間も本来の猫の姿の時にも意識は私なのである。しかし今の倫花は違う」

「……と、言うと？」

「今の倫花は自分を真に新堂倫花であるはずだと信じ、それを否定する事実を前に精神的支柱を失いかけている。この先は推論《すいろん》も含むが、サトリという妖の習性《しゅうせい》が人の心を鮮明に映し出す事なれば、圭一殿の中でその時最も強く思っていたものの姿をとったのであろう。しかし霧散しそうなほど不完全な状態であったが故、本来の己《おのれ》が何者であったかすら忘れてしまっているのである」

思えば伶花さんがアイレンに現れるしばらく前から、サクラはこの商店街のあたりに気になる霊気が漂《ただよ》っていると言っていた。

僕と日野さんがアイレンで圭一さんの昔話を聞こうとした日、店の外を通り過ぎた人影を見て店を飛び出したのも、今考えると繋《つな》がってくる。

「伶花の身体は肉体ではなく、言うなれば霊気を高密度に固めたものである。自己を肯定する精神性が揺《ゆ》らいでいる状態ではそれを長く保《たも》つ事ができぬ故、人か妖、いずれか片方に自己認識を強く寄せる必要がある。人として欠落している記憶を補《ほ》完《かん》し『新堂伶花』として――人間のように生きるか、妖としての認識を取り戻し『サトリ』として永《なが》らえるか」

「もし……それを決められなかったら？」

「今は私がほぼ毎日霊気を補充しているが……穴の空いた器に水が満ちる事はなく、またその穴は拡がるのみ。遠からず霊気体の崩壊《ほうかい》は避けられぬであろうよ。正確なところはわからぬが、最悪の場合年明けまでもたぬかもしれぬ」

……空気が重い。

長い沈黙だった。

「まいったな。僕は……どうするべきなんだい？」

大きく息を吐《つ》いた後、圭一さんは苦笑して言った。

「私は妖であり、また圭一殿の身内でもない故、圭一殿がどうするべきかという問いに対する答えを持たぬ」

「おい、サクラ……もう少し言い方――」

「しかしご主人が幼少の頃から世話になり、力を貸そうとしている人が心から望み、決めた事であれば、私は如何様《いかよう》な答えであれ助力はするのである」


「なあ、サクラ」

「……何であるか」

日付が変わって寝床に潜《もぐ》り込んだ僕は、掛け布団《ぶとん》の上で毛布をかぶって丸くなっているサクラに声をかける。

「圭一さん、どうすると思う？」

結局あの後、圭一さんに「一晩考えさせてほしい」と言われてしまい、方針が決められない以上、伶花さんに事の詳細《しょうさい》を話すわけにもいかない僕らは、アイレンの閉店時間に改めて会いに行く事にして帰宅したのだった。

「さて、な。私は圭一殿を深く理解しているわけではないし、そもそもどちらが正解かは当事者でない私にもご主人にも決められぬ問題であるからして」

「……そりゃあそうだろうけど」

「一つの物事に対して万人《ばんにん》が同じ答えを出すことは殆《ほと》どないのである」

「……」

「咲などは己の過去と向き合い、引きずられず、ある種の決別をする事で前を向いて今を生きている良い例である。ご主人は逆に、見失っていた過去の思いを見つけ出し、それを支えにする事であの夏の出来事を乗り越えた。しかし圭一殿と伶花が同じ答えを出すとは限らぬ」

圭一さんと、故人である本来の新堂伶花という女性の共有した時間がどういう顚《てん》末《まつ》を迎えたのかを知らない僕らには、今回の行く末を推《お》し量《はか》る事はできそうにない。

僕にしたって夏の一件であういう選択《せんたく》ができたのは、直接事件に関わった相手が日野さんであった事、サクラや爺《じい》ちゃん婆《ばあ》ちゃんの助力が得られた事等、色んな要因が複雑に作用した結果なのだ。

この先の人生で色んな決断を迫られた時、いつも前向きな選択ができるかどうかはわからない。

「そうだよな。どんな状況でも前を向いて足を踏み出せる人なんていないもんな……」

「まあ淑乃《しゆくの》だけはそんな感じであったが」

「……」

「……」

……。

…………おい。

「お前やっぱり母さんの事随分《ずいぶん》知ってるんだろう！」

「おっと。フハハ、これは失言であったであるな」

「話せ！　知ってる事全部話せ！」

「ぬおお、久々の顔ムニムニが少々……快・感」

サクラの頬の皮をグニグニといじりまわしても段々効果が薄れてくるどころか逆効果になってしまっていてダメだった。

「まだ淑乃の件はあまり細かく話をする時ではない。いずれ話してやる故、今は我《が》慢《まん》するのである」

「はあ……。まあ話す気がないなら問い詰めても無駄《むだ》なんだろ」

「ただまあ、私の知るあやつの人となりを簡単に申すのであれば、お天道様《てんとうさま》とでもいうか……」

お天道様……。太陽みたいに明るいって事か。

なにぶん母さんに関しては小学校へ入って間もない頃までの記憶しかないので、そういう意味でも朧気《おぼろげ》な記憶の中に在る母さんの姿が少しだけ輪郭《りんかく》を帯びていくような気がしてくる。

「いや――」

……ん？

「むしろあれは火薬というか？　爆弾というか？」

「……」

「底抜けに明るい楽観主義者。大雑把《おおざっぱ》で常にどんぶり勘定《かんじょう》。考えるより手が早い。周囲の意見など聞く耳持たぬし、突っ走ったら盛大にコケるまで止まらぬ人物であった」

「待て」

「今にして思えば、何故《なぜ》洋子殿と宗一郎《そういちろう》殿の間にあのような娘が生まれたのか、皆《かい》目《もく》見当もつかぬのであるな」

「あんまり適当な事言ってると明日から猫缶支給減らすぞ、お前」

「斯様《かよう》な事で虚言《きよげん》を弄《ろう》する理由もなかろうなのである」

僕の中の母さんのイメージが何だか武将みたいに豪放《ごうほう》なものになっていく……。

「ただ、まあ」

「？」

「喧嘩《けんか》っ早《ぱや》いところは多分にあったが、そうやって動くのはいつも誰かのためであったのであるよ」

「……そっか」


母さんが今の僕の立場だったなら、どんな行動を取るだろうか。

圭一さんと伶花さんが選択する未来に対して、僕は母さんに恥じない行動を選べるだろうか。

天井《てんじょう》を見上げながら、意識が薄れるまでずっとそんな問いかけを繰《く》り返していた。

幕間 狭間の境内

――夢を見ていた。

場所は鵜野森《うのもり》神社の境内《けいだい》だけれど、朝霧《あさぎり》君やサクラの姿もないし、洋子《ようこ》さんも宗一郎《そういちろう》さんも見当たらない。

代わりに、商店街へ下りていく階段の所から眼下に広がる町並みを、一人の女性が眺《なが》めていた。

すらっと伸びた長い脚で女性にしては長身、おろしたら腰のあたりまでありそうな赤みがかった長い髪を頭の上で大雑把《おおざっぱ》に結《ゆ》わいている。

ラフな格好《かっこう》も相まって、快活な印象の人だった。

「お、ごめんごめん。キミの意識も引っ張ってきちゃったか」

誰なんだろうという疑問は、不思議と湧《わ》いてこなかった。

私は多分、この人を知っている。

いや、会った事は確かにないのだけれど、この人の存在を感じた事がある。

夏の事件の時に、一度だけ。

混濁《こんだく》した意識の中で、朝霧君の心を私の所へ連れてきてくれた不思議な声。

だから、この人が私の事を知っていても不思議と違和感《いわかん》は覚えない。何となく誰なのかという事も察しがついているのだ。

「やっぱり欠片《かけら》だけ残した力じゃあんまり器用な事はできないね」

何のことを話しているのかはよくわからないのだけれど。

「……あの」

「なぁにかな？」

「……あの時は、ありがとうございました」

私が頭を下げると、女性は一瞬きょとんとした顔をして、すぐにからからと笑い出す。

「へぇ。こうして対面で会うのは初めてなのに、中々勘《かん》がいいねぇ。いいのいいの、アタシはアタシがそうしたいと思ったから手を貸しただけなんだから」

何というべきか、サクラとはまた違った意味で大らかな性格のようだ。

「それよりどう？　今、学校楽しい？」

夜中の境内に吹く緩《ゆる》やかな風に、女性の長い髪が少し揺《ゆ》れている。

随分《ずいぶん》とはっきりとした夢だなと思った。

「……はい。最近はまた色んな人と話すようになって。それに、人だけじゃなく色んなものに目が向くようになりました。毎日少しずつ変わっていく街路樹《がいろじゅ》の葉の色も、早朝のピンと張り詰めた空気も、駅前の工事で段々高くなっていく建物も。半年前までは目に映っても気にもかけなかった事が、今ははっきり記憶《きおく》に残るようになりました。朝霧君と、サクラと、洋子さんと、宗一郎さんと。……みんなのおかげです」

「そりゃ大いに結構《けっこう》」

ニカッと白い歯を見せる。太陽みたいに明るい笑顔だ。

「……あの」

「んー？」

「幽霊《ゆうれい》……とは違うんですか？」

「アタシ？」

「はい」

「うん。アタシは、アタシが依代《よりしろ》に託《たく》した魂《たましい》の欠片。かつてアタシだったものの、ほんのごく一部。だから今のアタシの姿は多分母さんにもサクラにも、勿論《もちろん》あの子にも見えない」

「え……でも、今……」

「キミはちょっとね、特別」

「……？」

「はは。そのうち教えてあげるよ」

何だか意味深《いみしん》な言い方をされてしまったけれど、この感じでは今聞いてもこれ以上答えてくれそうにはない。

それならばと、私はさしあたって現在直面している問題について助言を求める事にした。

サクラの話で以前聞いた限りでいえば、この人はサクラと同じかそれ以上に、妖《あやかし》絡《がら》みの話に詳しいはずなのだ。

「あの……」

「ん？」

「長く生きるために忘れている過去を思い出して、代わりに今好きな人の事を忘れてしまうかもしれないのと……、長く生きられるかわからなくても好きな人への気持ちを忘れずに生きるのと、どちらが幸せだと思いますか？」

「……それ、圭《けい》ちゃんとこの？」

「は、はい。御存知なんですか？」

「いや、アタシ自身は会ったことないよ。でも最近咲《さき》ちゃん達が色々やりとりしてたのを少しだけ見たからね。まあ省エネしなきゃいけない身なんで普段は眠ってるから、全部知ってるわけじゃないんだけどさ」

「……」

「そうだね……。そもそも『あれ』は本人じゃあない。人間が死後再び受肉《じゅにく》する事はまずないからね。仮にサクラみたいに霊気体《れいきたい》を作るにしても、人と妖じゃあ霊気の密度が違いすぎる。どんなに力があったって、精々アタシみたいに依代に欠片を残すのが関の山なんだよね」

　サクラだけでなく、この人の見解でも伶花さんが「本来の新堂伶花さん」である可能性はないという結論のようだ。

　それは私にとって悲しい話ではあるけれど、本当に大事な事は今の伶花さんがこの先も笑顔でいられる可能性を探すことだ。

「それでも……私はあの伶花さんの力になってあげたいって思うんです。でも、どちらが……本当に伶花さんの幸せに繋《つな》がるのか、わからなくて」

「そうだなあ……」

　彼女はしばらく腕組みをして唸《うな》っていたけれど。

「アタシはそういう繊細《せんさい》な性質《たち》じゃないからなあ。考える頃にはもう動いちゃってる性分《しょうぶん》なんだよね」

「……」

「自分の事でも他人の事でも、選びたいと思った道を自分の選びたいように選んで、とりあえず突っ走ってぜーんぶ終わってから振り返る」

「……豪快《ごうかい》ですね」

「あっはっは。よく周りから言われたわ。けど、自分の物差しで人の幸福を正確に測《はか》るなんて土台《どだい》無理なわけじゃない？　だから、さ。多分思った通りにやればいいんだよ。親切の類《たぐい》なんていうのものは、結局どこまでいったって押し売りの延長《えんちょう》なんだ。だから――」

「……だから？」

「――だから、後悔《こうかい》するのが怖《こわ》いなら、そこから先には踏み込まない方がいい。自分以外の誰かに手を貸すっていうのはね、訪れるかもしれない後悔も全部呑《の》み込むつもりでするんだよ。少なくともアタシはそうやって生きた」

…………。

「まあ、もう本来この世にいない者の戯言《ざれごと》だ。真《ま》に受けるかどうかは咲ちゃん、キミが決めればいい」

この人の送った人生の足跡《そくせき》を、そしてその顛末《てんまつ》を私は深く聞かされているわけではない。

洋子さんや宗一郎さん、そしてサクラから少しだけ聞かされているだけだ。

けれど。

だからこそ、この人が今の朝霧君の家族に残したものを考えれば、その言葉には重みがあるように思えた。

この人が──朝霧淑乃《しゆくの》という人物が駆け抜けた決して長くはない人生の在り方の断片が、朝霧君達を通して垣間《かいま》見える。

あの夏の一件でも私は初め自分から誰かに助けを求めたりしなかったけれど、朝霧君は自《みずか》らの意志で私に手を差し伸べてくれたのだ。

私も、私の意志で決めなければいけない。

誰かの顔色を窺《うかが》うことなく、誰かの責任だと押し付けることなく。

どんな未来も、自分の選択《せんたく》の結果だと心から納得《なつとく》するために。

「ありがとうございます。私も、私自身がどうしたいのか、もう一度考えてみます」

私がそう言うと、淑乃さんは少し気恥《きは》ずかしそうに笑った。

「──おっと、長居しすぎたかな。しばらくまた眠らせてもらうからさ。あの子達の事、頼むからね」

遠くを見ると、東の空がうっすらと白《しら》み始めている。

いつの間にそんな時間になっていたのだろうか。

「あの……朝霧君やサクラには――」

「あーいいのいいの。必要な事はサクラと別れた十年前に伝えてあるし。アイツがあの子に話してないって事は、まだ時期じゃないんだろうしさ」

「……？」

「アタシはアタシで残り少ない霊気でやりくりしなきゃいけないない事情があってさ。今消えちゃうわけにもいかないのよ」

「それって、一体……」

「さ、キミももう寝なさい。夜更《よふ》かしは美容に良くないからね」

「あの――」

追いすがって質問をしようとした私の顔の前に彼女の掌《てのひら》が差し出された。

「またね」

そこで私の意識は途切れてしまった。

目を開けると、見知った天井《てんじょう》だった。

枕元でスマホのアラームが鳴っている。

「…………」

アラームを止め、枕に突っ伏して深く息を吐《つ》く。

しばらくして私はスマホの隣《となり》に置いてあるものに目をやった。

夏の一件の時に洋子さんに貰《もら》ったペンダント。

洋子さんが淑乃さんの形見《かたみ》ともいえるこの品を息子である朝霧君ではなく他人の私にくれた意味は、一体何なのだろう。

二度目のアラームが鳴るまでの間、私はまどろみ抜けきらない意識の中でずっとそんな事を考えていた。

第六章　遠き願い（後編）

1

　夜になり、僕らは再びアイレンを訪ねていた。

「今日は一段と冷えるネ……。オジサンには厳《きび》しい寒さだヨ、まったく」

　窓の外を眺《なが》めながら、圭一《けいいち》さんはぼやいた。

　この冬一番の冷え込みだとかで、夜半《やはん》には雪もちらつくかもしれないという。

　お客さんのいなくなった店内には僕と日野《ひの》さん、そして圭一さんの三人だけがいる。

　サクラは伶花《れいか》さんの容体《ようだい》を診《み》に二階へ上がっているので、今はそれが終わるのを待っている。

「ま、サクラちゃんが下りてくるまでこれでも飲んで待っててヨ」

圭一さんが僕ら二人分のコーヒーを淹《い》れて持ってきてくれた。

「どうも」

「……おっと、そうだそうだ」

思い出したようにカウンターの方へ歩いていき、霧吹きで鉢植えの花に水をやり始める。

「その花、何ていうんです？」

「ん？　ああ、アイレンね。この店の名前と同じさ」

伶花さんがこの店に現れた日の昼間に圭一さんが持ってきた花だ。

「厳密《げんみつ》には『アイレン・ホルギン』。……まあ、ランの仲間でね。カトレアの一種でもある。育てるのにちょっとコツが要《い》るんだが……綺麗《きれい》だろう？」

「そういえば、このお店……、圭一さんのお父さんの頃には定食屋さんだったたって聞きましたけど、その頃からここって『アイレン』だったんですか？」

「ん？　いやいやまさか。親父《おやじ》とお袋が両方元気だった頃は定食屋で普通に『鵜野《うの》森《もり》食堂』だったよ。安直《あんちょく》だろ？　で、親父が死んでからしばらくは母親が喫茶店でやってたのサ。んで、僕が大学出てからお袋が身体壊《からだこわ》してネ。僕ァそのままここを引き継ぐ事になったんだヨ。学生時代にドハマりしたジャズを好きなだけ聴きながら過ごせるここの環境は僕にとっちゃ願ったり叶《かな》ったりだった。同級生連中みたいに出世競争で『二十四時間戦えますか』なんて流れに乗るのは、どうにも性《しょう》に合わなくてネ」

「じゃあ、店の名前はその頃に」

「あー……いや、今の名前に変えたのはもっと後だネ。……まあ、それこそ今回の件にも少々関係してるんだが……」

　何だか微妙《びみょう》にデリケートな話題だったらしく、歯切れが悪くなってしまった。

「あ……別に、言いにくいなら……」

「いや――」

「――私も……聞きたいかな」

　不意の声に僕らがカウンターの方を見ると、奥から伶花さんが顔を出した。

　隣《となり》にはサクラが伶花さんを支えるようにして立っている。

「伶花さん、起きてきて大丈夫《だいじょうぶ》なんですか？」

「サクラちゃんのおかげで何とかね。まあちょっとふらつくけど、少しなら大丈夫よ。それに……アタシ抜きで進む話でもないだろうしさ」

　正直傍《はた》から見ているとその言葉を全面的に信じる事はできないのだけれど、かといってこの先も伶花さんの体調が回復することは考えにくいとわかっている以上、ここは伶花さんの意志を尊重《そんちょう》すべきであるように思えた。

「……話、聞かせてもらえるかな？　私は私の事を、何もわからないままでいたくないの」

怜花さんは掌《てのひら》をじっと見つめ、自分が確かにそこに在る事を確かめるように頷《うなず》いた後、僕らの方へ顔を向けてそう言った。

サクラはまず、これまでの経過も含め怜花さんの身体の事を細かく説明していった。

人間の肉体とは異なり、密度の高い霊気《れいき》を人の形に固定している状態である事。

今の「新堂《しんどう》怜花」さんとしての姿をとった正確な理由は断定できないものの、それは今の怜花さんの基《もと》となった——おそらくは「サトリ」という妖《あやかし》が、圭一さんの心に触れ、鮮明《せんめい》に姿形、果ては人格までも写し取った姿である事。

基となった妖は何らかの理由で消滅寸前まで弱っていたところで今の姿となったため、妖としての記憶《きおく》や人格は失われたか、眠りについている状態であろうという事。

そして。

物理的な肉体でない以上、自分を自分だと認識する精神性が揺《ゆ》らいでいる今の状態では、霊気が今の形をもう長く維持《いじ》できない事も。

「……とまあ少々駆け足で述べたが……。伶花、心持ちは大丈夫であるか？」

「……大丈夫……って言うには正直自信ないけど、それでも私は……最後まで聞かなきゃ」

自分の身体も、記憶も、人の心が作り出したものだと告げられる心境《しんきょう》はいかばかりだろうか。

隣の圭一さんの手を握り、不安に耐えているその表情を目《ま》の当たりにするといたたまれなかった。

圭一さんはサクラを見据《みす》え、

「……続けてくれ」

「うむ。さしあたってこの状況を脱する手段は二つ、であるな」

「……」

「一つは、妖として生きる事。妖としての姿と心を呼び覚《さ》ませば自《おの》ずと霊気体の崩《ほう》壊《かい》は止まり、自分自身で存在を維持できるようにもなろう。但《ただ》し——何らかの理由で消滅寸前まで弱っていた今の伶花の基となっている妖の精神が戻った時に、伶花としての心や記憶が引き継がれるかは私には保証《ほしょう》できぬ。基が本当に人の記憶を鮮明に写し取れる『サトリ』だったとして……、それが再び圭一殿の記憶から姿形や人となりを模倣《もほう》したところで、それはこの数週間私達とともに過ごした伶花と同じ存在であると言えるのか……という話である」

記憶喪失《そうしつ》であった人の本来の記憶が戻った時に、記憶喪失状態の頃の記憶を引き継がない事がある……ようなものだろうか。

「無論全《すべ》てが上手《うま》くいけば、最もその後の懸念《けねん》材料が少ない選択肢ではある。今の伶花の記憶も引き継がれ、霊気体崩壊の心配もなくなる故《ゆえ》に。裏目に出た場合には……今いる伶花は私達の前からいなくなってしまう事になるやもしれぬが」

淡々と事実を告げるサクラの言葉に、僕らは一様に息を呑《の》んだ。

それでも、今は優しい嘘《うそ》よりも現実を知る事の方が必要なのだ。

きっと、目を背《そむ》けてはいけない時だ。

「もう一つは、人として生きる事。……正確には人のように生きる事である。伶花が『新堂伶花』として自己を確立するために欠けている情報を補填《ほてん》し、霊気体の崩壊に歯止めをかける。霊気を自分で取り込む事ができないままである故、継続的に私が外から霊気を補充《ほじゅう》する必要はあるが、今の伶花の人格がそのまま保《たも》たれる可能性は比較的高いであろうな。但しこちらもそれなりに危険はある」

「……それは、私自身の心の問題……って事よね」

「うむ。お主《ぬし》のまだ知らぬ本来の新堂伶花の情報を取り込んだ時に、お主自身が耐えられるかどうかという話である。私達も圭一殿から故人《こじん》である新堂伶花がどのような人生の顚末《てんまつ》を迎えたのかは聞かされておらぬ。故に、これがどう転ぶかは予想できぬのである」

圭一さんの口から知りうる全てを語ってもらったとして、それが幸せな話だけとは限らない。

むしろ生前の新堂伶花さんという人物が圭一さんと幸せに添《そ》い遂《と》げられていたのであれば、今の伶花さんが僕らの前に現れる事にはならなかったのではないだろうか。

そう考えれば考えるほど、まだ僕らが知らない圭一さんと本来の新堂伶花さんの間には言葉にしにくい複雑な過去《かこ》があるようにも思えた。

「……霊気体の状態から判断して、時間的な猶予《ゆうよ》はまだ数日ある。いずれの処置をとるにせよ、私の方は少々術式《じゅつしき》の準備もある。場所は鵜野森神社の社殿《しゃでん》を使う故、伶花と圭一殿の二人で週末までに決めるがよい」

週末までの猶予。

それがサクラの出した期限だった。

低い低い、曇天《どんてん》の夜空からはいつの間にか雪がちらつき始めていた。

2

夜半から降り出した雪は、明け方には町全体をうっすらと白く彩《いろど》っていた。

今はやんでいるとはいえ、天気予報ではまた今夜降るような事を言っていたので、明日の朝には道路にも積もっているかもしれない。

今日でひとまず年内の学校は終わり、日野さんのおかげでどうにか期末を乗り切った結果、無難な成績表を手に入れる事ができた。

学校は終業式とホームルームだけで下校になったので、日野さんはまた晩にウチに来ると言って帰宅し、今は別行動である。

「……あれ」

西鵜野森から僕のウチがある北鵜野森へ上がる坂の下の小さな公園に差し掛かった時、ブランコに見知った姿があるのに気が付いた。

「伶花さん！」

声をかけると、伶花さんは少し驚いたようにこちらを振り返る。

「お……。夢路《ゆめじ》君、もう学校帰り？」

「今日で学校終わりなんで、終業式だけでした」

「そっか。もう年末まで何日もないんだねえ」

「出歩いて、体調大丈夫なんですか？」

見たところ顔色は悪くなさそうだけれど、サクラが毎日往診《おうしん》して応急的に持ち直させているとはいえ先日まで臥《ふ》せっていたのだ。

「あはは。サクラちゃんには朝のうちに診てもらったし、霊気っていうの？　多めに補充してもらったからこのくらいなら大丈夫だよ。圭一君にも気分転換に散歩してくるって伝えてあるし」

まあ精神の安定が霊気体を支えるらしいから、本当に気分転換になっているのなら悪い事ではないのだろうけれど。

ただ根本的な治療というか、サクラが示した期限が目前に迫っている状況なだけにこちらとしては心配にもなる。

僕は伶花さんの座っている隣のブランコに腰かけた。

「昨日一晩考えてみたけどさ」

「……はい」

「やっぱり、わかんないんだよね」

「……」

伶花さんは曇り空を見上げたまま、ポツリと呟《つぶや》いた。

「それは……その、どっちを選ぶべきか……って話ですか？」

「ちょっと、違うかな」

……？

どういう事だろう。

伶花さんは、人と妖のどちら側で生きるかを悩んでいるのではないんだろうか。

「ね、一つ聞かせてもらえる？」

「……はい」

「夢路君はさ、咲《さき》ちゃんの事、本気で好き？」

……。

…………。

「……はい？」

いきなりの予想もしなかった質問に思考が停止する。

「だーかーら。咲ちゃんの事好きなのかって聞いてるの」

「な――なんて事聞くんですかいきなり……!?」

自分の顔が一瞬で熱くなるのがわかった。

「あっはは、顔真っ赤じゃん。おっかしー！」

からかうような伶花さんをジト目で睨《にら》む。

「今の流れで、僕の事全然関係ないでしょう……」

少し憮然《ぶぜん》とする僕とは裏腹に、伶花さんの口から出た言葉は意外なものだった。

「――あるよ」

「……え」

「関係あるよ。……だから答えて」

茶化すような表情は消えていた。

何だか道に迷った子供が必死で帰り道を探しているような。

ああもう、何なんだ。

こんな真面目《まじめ》な顔で聞かれたら誤魔化《ごまか》して逃げるわけにもいかないじゃないか。

本人がいないとはいえ、一応周囲に誰もいない事を確認して、深呼吸を一つする。

「………その……まあ、その通りですよ」

「ふふ、そっか」

「……それで、それと伶花さんの今抱《かか》えてる悩みとどう関係があるんですか」

「私は……証《あかし》が欲しいの」

「な……何のですか」

「今の夢路君の『好き』は、間違いなく君自身のもの」

「………」

「私の圭一君に対する『好き』には、そういう証があるのかわからないでしょう?」

　伶花さんは自分の胸元に手を当てて、少し苦しそうだった。

「それは……どういう……」

「……今、この身体の私が圭一君を好きなのは本当。同年代だったのにオジサマになっちゃってても、節々《ふしぶし》が痛いとか年寄り臭《くさ》い事言うようになっちゃっててもね。けど――」

「…………」

「――その想いは……どこから生まれたのかな?」

　――どこから。

　どこから生まれた思いなのか。

　今目の前にいる伶花さんからか。

　ずっと昔に故人となった本来の新堂伶花さんからか。

　そのどちらでもない、圭一さんの記憶に残る思い出の中の伶花さんからか。

「借り物の姿に借り物の記憶。ならこの想いも、今のままじゃ、きっと借り物のままなんじゃないか……って」

　それはまさに、サクラが僕らに語った伶花さんの抱える問題の根源《こんげん》に関《かか》わる部分で。

いっそ軽いノリで『そんな事ありませんよ』と笑ってあげられたなら、いくらか伶花さんの気分も紛《まぎ》れたのかもしれなかったけれど。

「……私は本物になりたい。この気持ちを、胸を張って本物なんだって圭一君に言えるようになるために、証が欲しいの」

絞り出すように吐き出された伶花さんの思いを前にして、僕は軽々しくそういう言葉をかける気にはなれなかった。

おそらく伶花さんにとってその証たり得るものは、新堂伶花として在るために欠けている情報なのだろう。

「私は――本物に――本物の人になりたいの」

伶花さんの呟きは、すぐに彼女が見上げた曇天の空に溶けて消えていってしまった。

「そうじゃなきゃ、いけないの」

僕がその言葉の中に感じた、小さな違和感も一緒にして。

3

正月三が日に町会から人手を借りたりする都合《つごう》で婆《ばあ》ちゃんを伴《ともな》って商店街へ打ち合わせに出かけた爺《じい》ちゃんに代わり、近所の子供達相手の武道教室の指導を終えた頃には、もうすっかりあたりは暗くなっていた。

「夢兄ちゃんせんせー、さよーなら！」

子供達がぶんぶん手を振って駆けていく。

……何だ「兄ちゃんせんせー」って。

鳥居《とりい》の下まで見送りに出た僕が苦笑《にがわら》いをしつつ商店街へ消えていく子供達の姿を眺めていると、目の前の自販機の陰《かげ》から買い物袋を持った日野さんが現れた。

「……そんな格好《かっこう》で、どうしたの？」

「あ、いや……。武道教室の子供達の見送りに下りてきたとこだから、さ」

武道袴《ばかま》に上だけコートを羽織《はお》って出てきたので、まあ確かに和洋折衷《せっちゅう》のよくわからない組み合わせではある。

「……『兄ちゃんせんせー』だって。ふふ」

「からかわないでよ。……それより日野さんこそ、何してるの？」

「洋子《ようこ》さんから少し帰りが遅くなりそうって連絡あったから、お夕飯の買い物。あと、味醂《みりん》がそろそろなくなりそうだったから買い足しておこうと思って」

僕の方にはそんな連絡は一つも入っていないあたり、婆ちゃんと日野さんの仲の良さを物語っている。

「何か、すっかりウチの事にまで気をまわしてもらっちゃって……、ありがとう」

「好きでやってるし、気にしないで」

そう言って日野さんはクスリと笑った。

「あ、そっち持つよ。貸して」

「うん」

日野さんが買い物袋を持ち直すのに気付いて、重そうな方を引き取る。

「朝霧《あさぎり》君」

並んで階段を上り始めてすぐに日野さんが言った。

「お正月の事なんだけれど」

「……お正月がどうかしたの？」

「私も、お手伝いしようかなって」

「手伝うって……ウチを？」

意外な提案に思わずポカンとしてしまう。

年末年始は日野さんのお父さんだって出張から戻ってきているだろうし……、いいのだろうか。

「そりゃあ、ウチは毎年正月だけは人手不足だし、爺ちゃん婆ちゃんも助かるだろうけど……。日野さんのお父さんも久々に戻ってきて親子水入らずで過ごしたいんじゃないかなあ」

「お父さんとは、夏までと比べると随分話せるようになったし、もう大丈夫」

穏《おだ》やかな表情で語る言葉に曖昧《あいまい》な色は見られない。

日野さん自身の変化に親子関係の変化が追いついていなかったらどうしようかと一瞬考えたのだけれど、杞憂《きゆう》であったようだ。

「それならいいんだけど、正直三が日中ずっとバタバタしっぱなしだし、結構大変だよ？」

僕が念を押すように尋《たず》ねると、

「……手伝わない方がいい？」

マズい。

何だかちょっとムスッとした感じの反応が返ってきてしまった。

「い、いやいや全然全くそんな事はないし！　爺ちゃんも婆ちゃんも助かるだろうし、僕としてもそりゃあ日野さんがいてくれた方が嬉《うれ》し……い……ので……」

「うん」

「その……日野さんさえよければ……僕としてはむしろお願いしたいくらいで」

何だかしどろもどろになってしまった僕の様子を見ていた日野さんは少し考えたような素振《そぶ》りの後、

「ふふ。わかった」

少し悪戯《いたずら》っぽく笑って空を見上げた。

ああ……何かもう、敵《かな》いそうにない。

「来年もみんなで一緒に過ごしたいって思う。……勿論《もちろん》、伶花さん達も」

日野さんは今在るコミュニティの繋《つな》がりを何より大切に思っている。

この半年で手に入れ、育ち始めた他者との繋がりを、何よりも。

そこに人間とか妖とかの垣根はなく、爺ちゃんも婆ちゃんも、僕もサクラも、商店街の人たちも。

圭一さんも伶花さんも。

出自《しゅつじ》や経歴などは関係ない。

心から一緒に笑って。

一緒に泣けて。

辛《つら》い時に一緒に歩ける存在との繋がりが何より大切な事を今の日野さんは知って

いるし、僕もそれを日野さんやサクラから教えてもらった。

願わくば、その繋がりの中に伶花さんの姿も在り続けてほしいと思う。

「伶花さんもそれは同じみたいだから、きっと大丈夫だよ」

「そうなの？」

「――昼間、下の公園で伶花さんに会ったんだ」

「下って、坂の下の？」

「うん。やっぱりずっと悩んでるって」

「……何か、言ってたの？」

「ええっと――」

言いかけて、伶花さんとのやりとりを思い返した僕は、日野さんの前で口に出すには非常に躊躇《ためら》われる内容であった事を思い出す。

「あー……えっと」

「……どうしたの？」

不思議そうに日野さんが僕の顔を覗《のぞ》き込んできたので思わず赤面して視線を逸《そ》らしてしまう。

「その……証が欲しいんだって言ってた。圭一さんを好きだっていう自分の気持ちが……借り物じゃない、間違いなく今の伶花さん自身のものだっていう」

「……証」

「そのために、本物にならなきゃいけないんだ……って」

「…………」

「……どうかした?」

日野さんが急に立ち止まって黙ってしまったので、今度は僕が日野さんの顔を覗き込む。

僕が言った言葉の意味についてしばらく考えていたみたいだったけれど結論は出なかったようで、

「――ううん、何でもない」

やがて首を振って、歩き始める。

「お夕飯の支度《したく》、早くしなきゃね」

吐く息が白い。

気が付くと空からは白い雪がまた舞い始め、底冷えする寒さに僕らは少しだけ階段を上る足を速めた。

4

「欠・食！」

「……」

玄関に入った僕らの目の前で、腹を空《す》かしているらしいサクラがのたうち回っている。

「私の胃袋が暴走するまで最早《もはや》一刻の猶予もないのである」

「いつも三食以外に好き放題で猫缶食ってるヤツが何言ってるんだ」

ジト目の僕がツッコミを入れたものの、サクラは動じるどころか、

「三度の飯と間食を一緒にするとは言語道断《ごんごどうだん》！」

堂々と居直られてしまった。

「……心の底から心外《しんがい》みたいな言い方をするんじゃないよ」

「間食のつもりなんだ、あれ」

「だいたいお前、ずっと人型でいるから無駄《むだ》に霊力消費して腹減るんじゃないのか？　猫に戻ってればいいじゃないか」

夏の一件が片付いてからしばらくは、こうして人の姿の霊気体を作る事さえでき

ずにいた事を考えれば、長時間人型で活動する事自体霊力を消費するはずだ。

現に霊気体である伶花さんの身体は、消費される霊力を自力で補充できない事が問題になっているのだし。

「ふふふ、笑・止。元々この神社は他の場所よりも『陽』の霊気が集まりやすい上に伶花の事がわかってから能動的に私が周辺から霊気を収集しておる故、私の霊気量は常時満タンに近いと言ってよいくらいなのである」

「……じゃあ今お前が四六時中《しろくじちゅう》腹を空かせてるのは」

「単なる空腹であるな」

「お前、僕の小遣いから買ってやってる猫缶、買ったそばから手を付けてるだろう！　特売でまとめて一ヵ月分買ってるのに倍のペースでなくなってるんだぞ！」

「ぬおお、人型の顔は伸縮性が乏しい故、ムニムニするのはよすのである……！」

僕とサクラが取っ組み合いを始めたのを見て、

「じゃあ、私お夕飯作っちゃうから」

日野さんは笑って台所へ入っていった。

僕は尚《なお》空腹を訴え続けるサクラを引きずって居間のコタツに放り込んだ後、風呂場へ向かった。

稽古《けいこ》の後そのまま教室の子供達を送りに出てしまっていたし、何より袴のままだったので着替えついでである。

身体も冷えていたので湯船に張られた少し熱めのお湯が骨身に染《し》みる。

「…………」

天井《てんじょう》を見上げながら、今になって昼間の伶花さんの言葉を思い返していた。

『――本物に――本物の人になりたいの』

……何だろう。

『――そうじゃなきゃ、いけないの』

一見道理に思えるあの言葉に僅《わず》かに交じる説明しがたい、ほんの僅かな違和感。

破《やぶ》けた紙をぴたりと繋ぎ合わせてもうっすらと見える継ぎ目のような。

真水《まみず》にシロップを垂《た》らしてかき混ぜた時に見える、混ざっていても溶け切らない異物感のような。

――そういえば。

商店街からの帰りの道でその話をした時、日野さんも何だか少し考え込んでいるみたいだった。

この違和感の正体は、一体何なのだろう。

「……駄目《だめ》だ。わからない」

僕が誰にともなく吐き出したぼやきに、

「ご主人は隙《すき》あらば悩み事であるな」

脱衣所の方からサクラの声がした。

ドアの曇りガラス越しに影が見える。

「……あいにく妖怪腹減り猫ほど楽観主義にはできてなくてね」

「霊《れい》・獣《じゅう》！　まったくいつまで経《た》っても私に対する畏敬《いけい》の念が備わらないのは由々《ゆゆ》しき問題である。それでもここの跡取りであるか」

……玄関開けたら腹が減ったと転げまわっているような霊獣にどうやって畏敬の念を抱けというのだろうか。

「まあよい。食事ができるまでまだかかりそうであるし、私も一風呂頂《いただ》くとするのである。ついでにご主人のしょーもない悩みとやらも聞いてしんぜよう」

「しょーもないとは失礼な——」

反論しかけて言葉が止まる。

……コイツ今、何て言った？

曇りガラス越しの人影がゴソゴソ動いてるのは何故《なぜ》だ。

「……おい、何するつもりだ？」

「何って……、私も風呂に入ると申したが？」

「馬鹿《ばか》！　今僕が入ってるだろう！」

慌《あわ》てて止めようとするも、サクラの声は僕の言葉を特段気にする様子もない。

「何か問題でも？」

「何から何まで問題だらけだ！」

「では失礼」

僕が急いでドアに駆け寄ろうとした時には、既《すで》にドアは向こう側から開けられていたのだった。

硬直《こうちょく》している僕の目の前で、浴室に入ってきた黒猫が器用に蛇口《じゃぐち》のレバーを回して洗面器にお湯を張り、悠々《ゆうゆう》と浸《つ》かり始めた。

「ふぃー。このくらいの温度が丁度《ちょうど》良いであるな。極楽極楽」

「………………」

「む。先程《さきほど》からどうした、ご主人。半身浴とやらか？」

「紛《まぎ》らわしい事するんじゃない！」

「何の話であるか」

「……お前、直前まで人型だったろう。こっちは心臓止まるかと思ったんだぞ」

「ふむ？　……おお、なるほど」

「……まったく」

「思春期真っ盛りのご主人が人型をご所望《しょもう》なればそっちになっても構わぬが」

「それが大問題だって言ってるだろう！　そのままでいい！」

　霊気で作った外見とはいえ、黙っていればそれなりに見栄《みば》えもし、商店街等ではウチに居候《いそうろう》している和装の美人で通ってしまっている人型形態のサクラである。

　今の状況をその人型の方でやられて日野さんに目撃されようものなら今後僕の扱いはどうなるか、想像に難《かた》くない。

「別に減るものでもなし、気にすることもなかろうなのである」

「僕の寿命《じゅみょう》が思いっきり減るからやめてくれ」

「それで――ご主人がウダウダ考えていたのは、どうせ相も変わらず伶花の件であろう？」

　洗面器の中でゴロゴロしながらサクラが話題を先程の話に戻した。

「学校からの帰りに、公園で考え事してる伶花さんに会ったんだよ」

「ふむ。……ご主人の考えていた選択とは違う答えでも出していたのであるか？」

「ん？　ああ……そういうわけじゃない。伶花さんはやっぱり人として圭一さんの傍《そば》にい続ける事を望んでるみたいだったし、僕もできればそうあってほしいと思ってたからさ」

「ならばご主人がいらぬ心配する事もなかろうなのである」

「まあそうなんだけど……。なあ、『本物の人にならなきゃいけない』って、どういう意味合いだと思う？」

「ふむ。……それは私から己の正体が妖であると聞かされたからではないのか？」

「普通に考えたら、まあそうなんだろうけど……」

自分でもはっきりイメージが摑《つか》めていない違和感を説明するのも難しい。

「何ていうか……、今の伶花さんは自分の基が妖だって聞かされるまで、自分をずっと本来は故人である新堂伶花という人間だって認識してたはずだろう？　でも『本物の人にならなきゃいけない』っていう言い方だと、自分をはっきり偽物《にせもの》だと自覚してるみたいじゃないか。いくらお前から言われたからって、そんなに簡単に自己認識って変わるのかな……？」

「ふぅむ……。そのあたりは伶花の受け止め方次第である故、一概《いちがい》には言えぬが……」

それに、細かい違和感はそれだけじゃない。

「はっきりわからないんだけれど……何かもっと初めの頃にも、この違和感と同じものがあったような気がするんだ。バタバタしてたせいで見落としてたような小さな事だけれど……、何だったたんだろう」

僕がそれが何なのかを思い出せずにいると、サクラは尻尾《しっぽ》で器用に蛇口から湯舟代わりの洗面器にお湯を足し始めた。

「――つまりご主人は、あの伶花には私達がまだ気付いていない何かがある、と言うので？」

「……多分」

「しかし、初めて現れた晩から治療をしている私が見る限り、あれの霊気に悪《あ》しきモノは一切混じっておらぬのは間違いないのである。何より悪意ある霊的存在であればこの神社の敷地内であれほど自由に動く事はおろか入る事もままならぬ故、少なくとも人に害為《な》す存在という事は有り得ぬのであるが」

「そりゃあ、僕だって伶花さんが誰かに対して敵意を持ってるなんて思わないけどさ」

けれど僕が感じている違和感の正体は、多分善とか悪とかそういう話ではない――もっと別のところにあるように思えていた。

幕間　真相は何処

テレビには年末特番のＣＭが次々と流れていく。

明後日《あさって》はもうクリスマスイブで、それが過ぎれば来年までもう一週間しか残らない。

伶花《れいか》さんの事もまだどうなるのかわからない状態なのに、時間はいつもと変わらない速さで過ぎてしまう。

私はゴチャゴチャになった思考がまとまらないまま、ぼうっとしながらテレビ画面を見つめていた。


「何だか今年はしっかり積もりそうね」

洗い物を終えた洋子《ようこ》さんが居間へ戻ってきてコタツへ入る。

「もうそんなに降ってきました？」

「勝手口からさっき見たけれど、もううっすら白くなっていたわね。このあたりは雪なんてもう何年も積もったりしてないから久しぶりだわ」

「……そういえば、私も大雪とかあまり記憶《きおく》にないです」

「ずっと昔に一度、膝上《ひざうえ》くらい積もった事があったのよねえ。咲《さき》さん達は幼稚園くらいだったんじゃないかしら。夢路《ゆめじ》さんが作りかけの雪だるまと一緒に境内《けいだい》の階段から転げ落ちそうになってね、大騒ぎだったのよ」

……小さい頃の朝霧《あさぎり》君、意外とアクティブだったんだなあ。

「怪我《けが》はなかったけれど夢路さんは大泣きして大変だったわ」

「わんぱくだった頃の朝霧君っていうのが中々イメージ湧《わ》かないですね」

私と洋子さんは、私の隣《となり》で寝落ちしてしまっている朝霧君を眺《なが》めて静かに笑いあった。

夕飯の後テレビを見ながら時折難しい顔をして考え事をしていたみたいだけれど、コタツの温《あたた》かさにやられてしまったようだ。

今は朝霧君の上に陣取って丸まって寝ているサクラの重さに時々呻《うめ》き声を上げているけれど、起きる様子はない。

「あらあら。妬《や》けちゃうわね、咲さん」

「……べ……別に私は」

「ふふ」

いきなりこっちに話を振られて返答に窮してしまった。

うう……、洋子さんて物腰《ものごし》はとても穏《おだ》やかなのに茶目《ちゃめ》っ気《け》は人一倍なので油断ならない。

私が赤面しているのをクスクスと声を殺して笑っていた洋子さんは、お茶を啜《すす》ってほっと一息つく。

「この二人、見てると歳《とし》の離れた姉弟《きょうだい》みたいで飽きないのよ」

「……というと、サクラがお姉ちゃんですか」

「そんな感じでしょう？」

私自身一人っ子だから実感は今一つ湧かないけれど、豪快でやや大雑把《おおざっぱ》な姉と大人《おとな》しい弟というのは確かに言いえて妙な気もする。

「夏の一件の後ね、サクラさんとはサクラさん自身の事も含めて色々とお話ししたの。……夢路さんにはまだ話していないのだけれど」

「そうなんですか？」

「ええ。サクラさんからは『時が来たら私から話すから』って言われているから。きっとサクラさんなりの理由があって、夢路さんを導《みちび》こうとしてくれているのかもしれないわね」

「――理由って、……淑乃《しゅくの》さんと関係ある事ですか？」

私の出した名前に、洋子さんが意外そうな顔をした。

「あら。誰かから何か聞いたのかしら？」

……誰か。

誰かというか淑乃さん本人からなのだけれど。

どう説明したものだろうか。

夢に出てきた淑乃さんの事は気になっていたし、洋子さんがどこまで理解してくれるのか不明だけれど、ことこの分野に関しては専門家と言っても差し支《つか》えないのだし、何より洋子さんにとっては亡《な》くした娘さんの話だ。

この際《さい》思い切って聞いてみるのもいいかもしれない。

「その——少し長くなりますけど……いいですか？」

朝霧君が眠ったままなのを覗《のぞ》き込んで確認した後、私は先日の事を洋子さんに話し始めた。


「——そう。そんな事があったのね」

話し終えた後、洋子さんはその一言を発してからしばらく目を閉じて何かに思いを馳《は》せているようだった。

私は身に着けていたペンダントを取り出して洋子さんに言う。

「初めて淑乃さんの声を聞いたのは、夏にこれを洋子さんに頂《いただ》いた後です」

ペンダントに嵌《は》められた翡翠《ひすい》色の石から時々感じる温かい光。

今にして思えばあれはきっと、淑乃さんのものだ。

あの時、怪異に蝕《むしば》まれていた私の所へ朝霧君の精神を連れてきてくれたのも。

「……ですからやっぱり、これは洋子さんが持っていた方がいいと思うんです」

言うなれば娘の形見《かたみ》の品なのだ。

ましてや単に思い出の品というだけでなく淑乃さん自身の意志の欠片《かけら》と不思議な力まで込められているのならば、私が持っているのはやはり筋違《すじちが》いというか……、おこがましい気がしてしまう。

そう思ってペンダントを外《はず》そうとする私の手を、洋子さんの手がそっと制した。

「……確かにこれはあの子が亡くなった後、サクラさんがここへ届けてくれた物よ。もっとも、あの時サクラさんは私に名乗りはしなかったけれど」

「なら、尚更《なおさら》やっぱり――」

「けれど私はそれを踏まえた上で、これをあなたに譲《ゆず》ったの。御守《おまも》りみたいなものだって言ったでしょう？　私はこれをサクラさんが持ち帰ってきてくれただけで充分。だから咲さん、これからもあなたが持っていて。きっとこの先も助けになると思うから」

「でも……それならせめて、血縁《けつえん》の朝霧君が持っていた方が……」

「あら。別にこの石は朝霧の家の物ってわけじゃあないのよ。私の家系に伝わっていたんですもの。私が譲りたいと思ったのがあの頃は娘だったし、今は咲さんだっていう話なのよ。それに私の手元にあっても現れなかったあの子が咲さんの前に現れたっていう事は、何か意味があると思うの」

「……はい」

そこまで言われると、私としても返す理由がなくなってしまう。

淑乃さんが私にだけ接点を持ってきた事も、確かに何か理由があるのかもしれない。

私はそれでも少し迷ったけれど、最終的にはペンダントをしまう事にした。

「それと、ね」

「は、はい」

「――誰かを思って行動する事に、血縁だとか出自《しゅつじ》だとかは関係ないんじゃないかしら。人が人を想う事も、それこそ人が妖《あやかし》を想う事や妖が人を想う事も何も変わらないわ」

洋子さんは朝霧君の上で寝返りをうってゴロゴロ唸《うな》っているサクラを眺めて穏やかな笑《え》みを浮かべている。

「サクラさんは、友人だったあの子の忘れ形見である夢路さんを導いてくれている。そこには『人間だから』とか『妖だから』といった垣根《かきね》はないんじゃないかしら」

……確かに、大切に思う相手に何かをしてあげたいと思う事に、それ以上複雑な理由なんて要《い》らないのかもしれない。

「それは夢路さんや咲さんにしたって変わらないのよ」

「え？」

「あの時夢路さんが前を向いて、誰かに手を差し伸べる事に迷いを懐《いだ》かなくなったのはどうしてだったかしら？」

……。

「えっと……」

………。

洋子さんの問いへの答えを考えていくうちに、自分の顔が赤くなっていくのがわかった。

「……ね？」

お得意のウインクでダメ押しを決めてくる。

「よ……洋子さん……！」

「うふふ」

もう……。隙《すき》あらばこうやってからかってくるから困りものだ……。

「でもね、それこそ今回の圭一《けいいち》さんと伶花さんの事も一緒だと思うの」

洋子さんは頰杖《ほおづえ》をついて、赤面しっぱなしの私を悪戯《いたずら》っぽい笑顔で眺めつつ、そそんな事を口にした。

「今回の経緯《いきさつ》、サクラさんから概《おおむ》ね聞いているわ」

そうか……。サクラはサクラで洋子さんに相談していたのか。

「それで、一緒っていうのは……？」

洋子さんには、今回の一件がどのように映《うつ》っているのだろう。

私達が堂々巡《めぐ》りの思考に行き着いてしまった、伶花さんの未来の選択を。

その選択と向き合う圭一さんの在り方を。

どうあるべきだと感じているのだろうか。

まじまじと見つめる私に、洋子さんは柔《やわ》らかく微笑《ほほえ》みながら言った。

「多分ね、皆が思ってるほど複雑な話じゃあないんじゃないかしら」

第七章 アイレン

1

昨晩からの雪はやまず、今も町を包み込んでいる。

溶《と》ける事なく降り積もった雪は、片田舎《かたいなか》の細《ささ》やかな喧騒《けんそう》なんてものは容易《たやす》く呑《の》みこんでしまっていた。

音のない、静かな夜だった。


「二人とも、腹は決まったであるかな」

社殿《しゃでん》の広間には今、サクラのほか、圭一《けいいち》さんと伶花《れいか》さんの姿があった。

僕と日野《ひの》さんも、彼らの選択《せんたく》を見届けるために同席している。

「――ええ」

玲花さんの目は、はっきりとした強い決意を宿《やど》していた。

「私は——私は人として生きたい。新堂《しんどう》玲花という人間として、できるだけ長く圭一君の隣《となり》にいたい」

サクラはしばらく玲花さんの顔を真《ま》っ直《す》ぐに見つめた後、

「……うむ、心得《こころえ》た」

そう言って一つ、小さく頷《うなず》いた。

「圭一殿は？」

「僕は……彼女の意志を尊重《そんちょう》するよ」

「……相分《あいわ》かった。ならば私はこれ以上この選択については何も言わぬ」

隣の圭一さんの声色《こわいろ》には、ほんの僅《わず》か、躊躇《ためら》いのようなものが交じっているように思えるのは気のせいだろうか。

……いや。

きっとどちらの道を選んだにせよ、圭一さんの中に迷いが生まれないなんて事はないのだろう。

人間、自分だけの事であればリスクに対して割り切れる事もある。

けれど、自分以外——それも近しい人の運命を左右する事であれば、迷いなく選択できる人なんてそうそういないし、それが当たり前だと思う。

「圭一さん……」

「タハハ。大丈夫《だいじょうぶ》だヨ、夢路《ゆめじ》君。勿論《もちろん》悩みもしたけれど、僕もきちんと考えてここにいる。彼女が願うなら……、それは僕の願いでもある」

「……はい」

「では、二人はこちらへ」

サクラは圭一さんと伶花さんを、沢山《たくさん》の札《ふだ》と縄《なわ》で四方を囲《かこ》われた畳《たたみ》六畳《じよう》程の区画に入るよう促《うなが》した。

「サクラ、その場所は何なんだ？」

「まあ見ておるがよいのである」

僕の問いに、サクラは不敵《ふてき》に笑って懐《ふところ》から札を取り出した。

『――筑紫《つくし》の日向《ひむか》の橘《たちばな》の　小戸《おど》の阿波岐原《あわぎはら》に　御禊祓《おんみそぎはら》へ給《たま》ひし時に生座《あれませ》る　祓戸《はらいど》の大神達《おおかみたち》――』

サクラの紡《つむ》ぐ言葉に応《こた》え、手に持った札が青白い光を帯びる。

「うわ、凄《すご》いなこりゃ……。実際こんなの見たのは初めてだヨ……。昔観た密教《みつきよう》物の特撮みたいだ」

圭一さんが目を丸くしている。

サクラは手に持ったそれを結界《けっかい》の端《はし》にある札の一つに触れさせると、その光は縄を伝って他の三つの札、そして床板の上に敷かれた真っ白な布に書かれた沢山《たくさん》の文字へと伝播《でんぱ》していく。

ここのところ社殿に引きこもって何かやってる事が多いと思ったら、こんなのを作っていたのか……。

「これは……どういうものなんだ？」

「この一週間程、この神社に集まってくる陽の気をここに集積して私が作った特製の結界である」

「結界……っていうと、霊的な性質の外敵から身を護《まも》るみたいなイメージがあるけれど……、でも悪いモノが寄ってこないようにっていうなら、ウチの敷地全体がそういうものだって言ってなかったか？」

「結界とは即《すなわ》ち境界《きようかい》を以《もつ》てその内と外とを隔《へだ》てるものである。ご主人の部屋に置いてある絵草紙《えぞうし》のように、敵の術を防ぐ単なる都合のよい戦闘技術だと思われるのは心外《しんがい》であるな」

「朝霧君、絵草紙って？」

「僕の部屋に置いてある漫画の事だと思う。去年アニメでやった陰陽師《おんみようじ》のやつ」

「……なるほど」

「神社の跡取りが斯様《かよう》な見識ではこの先心配であるな」

「……見識が浅くて悪かったな。現代の学生にはそのくらいしか馴染《なじ》みがないんだよ」

「フハハ。まあアレはアレで中々面白《おもしろ》い故《ゆえ》、どんどん続きを買ってくるがよいのである」

……しかも何だかんだ言ってしっかり読んでるんじゃないか。

「それで、この結界は何を隔てているかというとな、それは霊気の流れである」

「流れ……？」

「この中へ溜《た》め込んだ陽の性質を持つ霊気が霧散《むさん》するのをこの結界を以て抑《おさ》えているのである。これから行う術式《じゅつしき》ではそこが肝要《かんよう》なのでな」

サクラは僕らの方へ向き直り、姿勢を正して咳払《せきばら》いを一つする。

「人間としての意識が揺《ゆ》らぎ、霊気体《れいきたい》の綻《ほころ》びが出始めた伶花が、これから先も人間『新堂伶花』として今の器《うつわ》を保《たも》っていくために必要なのは器の補強《ほきょう》である」

現在の伶花さんの基《もと》になっている妖《あやかし》の力を使えば、サクラが手を貸さなくとも自然に霊気を補ってできる事らしいけれど、妖としての記憶《きおく》や自覚が失われている状態では、サクラが外科手術のような要領で修復《しゅうふく》する必要があるという。

「今の器を補強する事——即ち新堂伶花としての情報を補う事である。できるだけ多く、できるだけ鮮明《せんめい》な情報を補う事ができれば、揺らいでいた自己認識を立て直す事ができる。現状高密度な霊気体である伶花の過度な霊気流出を、妖としての姿と心を取り戻す事なく防ぐにはこの方法をおいて他にない」

「……」

サクラが伶花さんに関する現状を説明していく。

僕の隣で日野さんは以前婆《ばあ》ちゃんから貰《もら》ったとかいうペンダントを握《にぎ》りしめて、何だか思いつめた顔をしていた。

「……大丈夫だよ、サクラならきっと上手《うま》くやってくれる」

「……え？　ああ、うん。……そうだね」

「僕らは信じなきゃ」

「うん……」

「……」

「……ねえ朝霧《あさぎり》君」

「え？」

「……ううん、ごめん。何でもないの。そうだね……信じなきゃ」

……何だろう。

伶花さんの安否《あんぴ》を心配している……だけだと思っていいのだろうか。

日野さんの言葉の中に見える朧気《おぼろげ》な不安には、何かそれ以外の意味合いがありそうな気がしないでもない。

けれど考えても僕の中には思い当たる節《ふし》はなく、そうこうしている間《ま》にサクラの話は次の段階へと進もうとしていた。

「この結界に溜め込んだ霊気を媒介《ばいかい》に使えば、サトリのように具象化《ぐしょうか》はできぬまでも一時的に圭一殿の記憶を我々の精神に投影《とうえい》する事はできるはずである」

サクラが発したその言葉に、圭一さんの肩が一瞬震えたように見えた。

僕は思わずサクラの肩を摑《つか》み、話に割って入る。

「ち、ちょっと待ってくれサクラ。何も記憶を覗《のぞ》き込むなんて事しなくたって、ここに圭一さん本人がいるじゃないか。なら圭一さんから話を聞けばいいんじゃ——」

「——語り手の意志によってぼやかされた話では、伶花がギリギリ保っている自己認識を補強するだけの情報には足らぬのである」

サクラは肩を摑んだ僕の腕に手を添え、そっと下ろした。

「人の心は弱い。故《ゆえ》に心地《ここち》好い思い出を口に出す時には飾りたくなるし、苦《にが》い思い出は霧がかったように朧気にしておきたくなるものである。しかしそれでは最早《もはや》、仮初《かりそ》めの霊気体を長く保つだけの情報量は得られぬ」

　圭一さんを見ると、踏み込んだ決断を前に再び迷いが生まれている様子だった。

　今、圭一さんの頭の中に去来《きょらい》しているのは、きっと僕らに店で少しだけ語ってくれたような穏《おだ》やかで優しい記憶だけではない。

　如何《いか》なる経緯《いきさつ》を辿《たど》ったにせよ、少なくとも若かりし日の宵道《よいみち》圭一という人物は新堂伶花という女性と一度死別を経験しているのだから。

　けれど。

「――私は知りたいの。そうでなきゃ新堂伶花に――本物になれないの。だから……だからお願い」

　伶花さんは圭一さんの手を強く握り、はっきりとした口調《くちょう》で願いを口にする。

　一体、どのくらいの葛藤《かっとう》が圭一さんの中を駆け巡《めぐ》っただろうか。

「ッ…………」

「……わかったヨ」

　長い沈黙の後、圭一さんは絞《しぼ》り出すような声で、重く頷いた。

　結界の内側へ圭一さんと伶花さんが入り、サクラが深く呼吸を整《ととの》える。

「では二人とも、心静かに、目を閉じるのである」

懐から白紙の札を取り出したサクラが指の端を噛《か》み、血を媒介に言霊《ことだま》を移す。

『――おおわだつみ　こわだつみ　もろわだつかみを奉《たてまつ》り　五色のにぎてを五方に――』

呼びかけに応えるように伶花さんの足元に敷かれた無数の文字から青白い光が立ち上る。

それはやがて圭一さんの立っている場所をも包み込むように広がっていった。

「これで伶花の精神は圭一殿の魂魄に触れる事ができるようになったはず。あとは伶花自身が圭一殿から流れ込む過去の記憶をどう受け止めるか次第《しだい》で――」

僕らの方へ向き直ったサクラが状況を説明し始めた時。

「……ねえサクラ。何か変じゃない……？」

日野さんが何か異変に気付いたようだった。

結界の中から霊気は流出しないはずなのに。

光は結界の外へと急速に広がり出していた。

「……馬鹿《ばか》な。……私の結界を越えて内側から干渉《かんしょう》など――」

振り返ったサクラが対処《たいしょ》を施《ほどこ》そうとするよりも早く、瞬《また》く間に社殿に溢《あふ》れた光の洪水《こうずい》に、僕らの視界は呑みこまれた。

2

意識が戻った時、自分のいる場所がどこだかわからなかった。

視界全体の色が薄い……？

「……アイレン？」

カウンターや座席の位置、天井《てんじょう》の四枚羽根のファン。

そうした物の配置やなんかから、アイレンの店内のようではある。

よく見ると、少し離れたボックス席にぐったりした日野さんの姿があった。

視界があまり良くないせいで躓《つまず》きそうになりながら急いで駆け寄ると、やはり気を失っている。

「日野さん、大丈夫？　日野さん！」

肩を揺すってしばらく声をかけていると、やがて小さく呻《うめ》いた日野さんがゆっくりと目を開ける。

ぱっと見、怪我《けが》はしていないみたいなので一安心だ。

「……ん……あれ？　ここ……どこ？」

「……わからない。アイレンみたいだけど」

二人して周囲をぐるりと見回す。

「日野さん、……何か、視界全体の色がおかしくない？」

「……うん」

「ちょっと赤みのある灰色っていうのかな？　……何ていうかこう、古い写真みたいな？」

「セピア色……かな」

そう、セピア色だ。

長い時間の中で色褪《いろあ》せた写真みたいな色彩を纏《まと》ったアイレンの中に、僕らはいた。

「……僕らはセピア色になってないね」

その不思議な色彩の中で、僕と日野さんの姿だけが普通の色合いを保っている。

「どうなってるんだ……？」

「――朝霧君、他のみんなは？」

ハッとなった日野さんと一緒に店内を見回してみたけれど、サクラの姿も、圭一さんや伶花さんの姿も見当たらなかった。

「ここには僕らだけみたいだ」

「どうしよう……」

専門家のサクラが不在では状況が摑めない。

まあ、よしんばサクラがここにいても、あの時何かイレギュラーな事態が発生していたのだし、すぐに現状を把握《はあく》する事は難しいかもしれないのだけれど。

「……まいったな」

僕らが途方《とほう》に暮れていると、カウンターの奥から人影が現れた。

すらっとした二十代くらいの男性で、小綺麗《こぎれい》なシャツにエプロンを纏っている。

アイレンに従業員なんていないはずだけれど、何か手がかりが欲しい。

僕は立ち上がって、店員らしき男性に話しかけてみる事にした。

「あの、すみません！」

「――――」

割と大きい声で話しかけたのに、その男性は何の反応も示さなかった。

「あの――！」

もう一度呼びかけてみても、何も変わらない。

まるで僕らなんて視界にないみたいに、カウンターの中で店の仕事を続けている。

「……聞こえてないのかな」

「ねえ、朝霧君。あの人の姿も――色褪せて見えない？」

少し遠めから日野さんが周囲の風景と見比べつつ指摘《してき》する。

確かに言われてみれば、周囲の風景と同じように、男性の姿もセピアがかっているように見えた。

「何が何だかわからないな……」

「…………」

お手上げ状態の僕の横で、日野さんが難しい顔をして何か考えている。

「圭一さん……？」

「え」

「……似てると思わない？」

「いや……まあ言われてみれば似てる気もするけど、ずっと若いじゃない」

確かに所々面影《おもかげ》はある。

けれど年齢がどう見たって三十歳くらい離れているのだし――。

「――あ」

「……多分、ここは圭一さんの記憶にある昔のアイレンを映した風景」

……何というか、……こんな不思議空間で冷静に状況分析できる日野さん、凄いな。

「けど、ここにいる圭一さんに話を聞くのは無理みたいだし……、これ以上はやっぱりサクラがいないと何ともならなそうだね」

「肝心《かんじん》な時にいないいんだから、あの大食い猫は……」

僕が虚空《こくう》に向かって悪態《あくたい》をつくと、

「れでぃに対して大食いとは、まことに失敬《しっけい》なご主人であるな」

僕の顔の前の空間にぽっかり穴が開いて、中からサクラが逆さまに顔を出した。

「おおおおおおい！」

思わずのけぞって後ずさりしてしまう。

サクラはそのまますするっと鉄棒の前回りでもするみたいに、空間に開けた穴の縁《ふち》に手をかけ、ぐりんと回転して着地する。

「お前……どっから出てきたんだ、今」

「フフン。霊的な力を媒介に作られたこの空間の構造が摑めれば、この程度はどうという事はないのである」

自慢げに笑って着物を整える。

「ねえ、サクラ。ここって、やっぱり圭一さんの……？」

「うむ、十中八九《じっちゅうはっく》間違いなかろう。私は別の場所に放り出された故、ぐるりと近隣の様子を見て回っておったのであるが、この妙な色合いの空間は鵜野森町《うのもりちょう》の外まで延々《えんえん》と続いておった。鉄道の向こう側は殆《ほとん》ど野原であったが……」

サクラの言う線路の向こうというのは、日野さんの住む鵜原《うのはら》地区の事だ。

近隣一帯では比較的新しい住宅地である。

「……鵜原地区は二十年ちょっと前から開発された町だから、やっぱりそれ以前の鵜野森町なんだ」

「ふむ、なるほど。で、これが若かりし頃の圭一殿というわけか。中々男前であるな。伶花がご執心《しゅうしん》なのもわからんでもないのである」

「――そうだ！　伶花さん！　サクラ、伶花さんはどこにいるのかわからないか？」

特異な状況に放り込まれて危《あや》うく肝心な事を失念《しつねん》するところだった。

「……残念ながら、伶花の霊気体と圭一殿の記憶を直結した事で作られたこの空間には伶花自身の霊気が至る所に広がっておる。言うなれば伶花はこの空間のどこにもいないし、どこにでもいるのであるな。切り離して具現《ぐげん》している個体があれば、それを視認《しにん》する事はできるであろうが……」

ええっと、つまり伶花さんはこの空間そのものと同化してる……みたいな解釈でいいんだろうか。

「そうなると、僕らは結局どうするのが正解なんだろう」

「どうするもこうするも、この空間は謂《い》わば結界内にあった霊気を媒介に伶花と圭一殿が作り出した活動写真のようなものである故、起こる出来事に干渉はできぬと思ってよかろうなのである」

「そういえばサクラ、猫なのに映画とか観た事あるんだ」

「フハハ、伊達《だて》に長生きはしておらぬ。百年も前に浅草で観てきておるのである」

……意外な事実だ。

「まあしばらくは様子見するほかあるまい。――と、この場面に登場人物が増えるようであるな」

そう言ってサクラは店の入り口の方に目を向けた。

カラン、とドアの鐘が鳴る。

入ってきたのは二十歳《はたち》くらいの男女二人だった。

勿論その二人もここにいる若い圭一さんと同様、姿はセピアがかっているので「映画」の中の人物なのだろう。

割とがっしりした寡黙《かもく》そうな印象の男性と、対照的に柔和《にゅうわ》で慈愛《じあい》に満ちた笑顔を浮かべ、それでいてどこか儚《はかな》げな空気を纏った細身《ほそみ》の女性。

「……綺麗《きれい》な人だな」

「ほおおう、ご主人。私や咲《さき》がいながら、かような女人《にょにん》に心惹《ひ》かれると申すか」

意地の悪い笑みを浮かべたサクラがヘッドロックをかましてくる。

「そ、そういう意味で言ってるんじゃない……！」

僕とサクラがドタバタとやっている横で、日野さんは二人組の顔をじっと覗き込んでいる。

「……日野さん、どうしたの？」

僕が尋《たず》ねると日野さんは二人を指差し、ゆっくりと顔だけこちらへ向けて言った。

「……この二人、宗一郎《そういちろう》さんと洋子《ようこ》さんだ」

3

「……はい？」

間の抜けた顔で口を開けている僕に、日野さんは二人を順番に指差しながらもう一度言う。

「えっと、この人が宗一郎さん。……で、こっちが洋子さんで……」

「いや……まあ、そりゃ逆って事はないだろうけどさ」

「洋子さんの方は目元がそのまんまだよ。宗一郎さんはちょっと面影薄いけど、目の横にホクロがあるから、多分」

よく見てるな……。僕全然わからなかったぞ。

「どうして咲が気付いて、孫のご主人が気付かないのであるか……」

呆《あき》れ顔でサクラにダメ出しされてしまった。

「……ウチで爺ちゃん達の昔の写真とか見た事ないから仕方ないだろ」

「二人とも、静かに。何か話し始めたみたい」

日野さんが僕らを制止すると、ほどなく圭一さん達の会話が少し擦《かす》れたような音で聴こえてきた。


『――しかし宗一郎がこの若さで結婚とはネェ。色恋なんて一番興味なさそうだったキミがサ。みんなに話したら鳩が豆鉄砲喰《く》らったみたいな顔してたヨ』


うわ、今圭一さん『宗一郎』って言ったぞ。やっぱり爺ちゃんなんだ……この人。

「ねえ朝霧君、これって……」

「……この場面が圭一さんが前にちょっとだけ話してくれた伶花さんとの出会いの頃だとすれば、爺ちゃん達が結婚したばっかりの頃か。でも何か音がノイズっぽいのは何でなんだろう」

「これ多分、ノイズっていうよりもアナログのレコードを再生した時の音じゃないかな……」

アナログレコード音源なんて普段聴く環境《かんきょう》がないから確証《かくしょう》は持てないけれど、……言われてみればそんな気もする。

「まあ、そのあたりは圭一殿の昔を懐《なつ》かしむという行為《こうい》がこのような在り方に影響しておるのであろう」

『……別に俺《おれ》が何歳で結婚したっていいだろう』

圭一さんに茶化《ちゃか》されて、爺ちゃんがそっぽを向いてしまう。

「……三十年近く前の姿とはいえ、いつも『儂《わし》』って言ってる人の口から『俺』って言葉が出てくるのって驚きだなあ……」

僕がしみじみ感想を述べていると、

「照れ方が可愛《かわい》すぎる……」

日野さんは日野さんで何かツボにはまる要素があったらしく、顔を背《そむ》けて肩を震《ふる》わせていた。

そんな二人のやりとりを眺めて、若い姿の婆ちゃんがクスクスと品のいい笑顔を浮かべている。

「孫の僕が言うのも何だけど、この二人はどうやってくっついたんだろう……」

「場面的にもう結婚後のようであるから、流石《さすが》にわからんのであるな」

「朝霧君。今度洋子さんに聞いてみよう」

……日野さんのテンションが高い。

この手の話は大好物みたいだからなあ。

まあサクラの言う通り、今再生されている圭一さんの記憶の中では二人は既《すで》に結婚しているようなので、そこに関してはこれ以上の情報は期待できない。

いずれにせよ、この場面から見ておそらく昭和の終わり頃のワンシーンだろうという見当はつく。

「とりあえず今は爺ちゃん達より伶花さんと圭一さんの話だ」

確か圭一さんの断片的な思い出話によれば、丁度《ちょうど》今みたいに若い頃の爺ちゃん婆ちゃんと店で話をしてる時に——。

「む、何やらこっちの圭一殿に動きがありそうであるな」

何かに気付いたサクラが圭一さんの視線の先を追っていた。

ポカンとした様子で、圭一さんが店の外に目を奪《うば》われている。

ややあって、店のドアベルがカランと音を立てた。

「——伶花さんだ」

入ってきたのは、やけにシルエットの大きめの服装に身を包んだ伶花さんだった。

「ああいう服、私、テレビの懐かし映像とかで見たことある」

「僕もあるかも」

「ふむ。言われてみれば、三、四十年前の都会の若者はあんな格好《かっこう》をしておった気がするのであるな」

四半世紀《しはんせいき》も過ぎれば流行のファッションなんて殆ど異文化も同然なので、僕らからすれば目の前に現れた伶花さんの格好は中々奇抜《きばつ》なものに見える。

対して鵜野森町は大都市圏からやや離れた郊外の町なので、ここにいる若い頃の婆ちゃんなんかはいたって大人《おとな》しめの服装だし、特に服装に違和感《いわかん》を覚えたりもしないのだけれど。

それだけで考えても、故人である本来の新堂伶花さんという人物の非常にアクティブな一面が垣間《かいま》見えた。

『いい趣味してるお店ね』

『え？　あ、ああ。そりゃあ……どうも。……ハハ』

『マイルス・デイビスが好きなの？』

『んー……いや、勿論好きだけど、六〇年代は好きなのが多すぎてどれが一番なんて決められないナ』
『ビル・エヴァンスは？』
『勿論』

初対面とは思えないノリで二人の会話は弾《はず》んでいた。

爺ちゃんと婆ちゃんがすぐ隣で目を丸くして眺めているのが微妙《びみょう》に面白い。

「でも、この伶花さんは僕らが見てきた伶花さんとは別……なんだよな」

「うむ。ノリがそのままであるから、知っていなければわからぬであろうな。いやはやしかし、この伶花を見れば見るほど我々の知っている伶花の模倣《もほう》というか模写《もしゃ》の能力には恐れ入るのである」

それが妖――サトリの力……って事か。

快活で自信に満ちていて、他人との垣根《かきね》などお構いなし……というのが正しいのだろうか。そういった部分まで僕らの見てきた伶花さんと寸分違《たが》わないように見える。

会った事もない人物でさえ記憶から読み取り、姿はおろか性格や言葉、仕草《しぐさ》まで写し取る。真似《まね》をする……という行為とは根本的に異なるのかもしれない。

「まあ、何かの理由で消滅寸前まで弱っていたが故、その模写できた範囲が限定的であったのが今回の霊気体崩壊症状の遠因にもなったのであろうが……」

腕組みして考えにふけっているサクラをよそに、

「ちょっと、二人とも静かに」

日野さんが耳をそばだてて何かを聴き取ろうとしていた。

店内にゆったりとしたピアノの音が広がっていく。

「……これ、『マイ・フーリッシュ・ハート』だ」

日野さんの口から聞き覚えのある曲名が出てくる。

確か日野さんが買ったアルバムに入ってる曲で、圭一さんが店でこれを流した時に伶花さんが歌ってみせたのを憶《おぼ》えている。

芸術方面に造詣《ぞうけい》が深いわけでもない僕でも心を揺さぶられるほどの歌唱力で、伶花さんはその曲を歌ったのだ。

そう、丁度今みたいに。

「……あの時、僕らの前で歌った時とそっくりだ」

「うん」

彼女の歌声に圧倒されたのは僕らだけではない。

ここにいる圭一さんもポカンと口を開けて呆気《あっけ》に取られていたけれど、気付けば食い入るように前のめりでその歌声に聴き入っていたのだ。

4

伶花さんは静かな商店街の中に見つけたアイレンをたいそう気に入ったようで、それから幾度か圭一さんの記憶を映す場面が切り替わるたびに彼女はここを訪れ、圭一さんとジャズの名盤《めいばん》やなんかの話に花を咲かせていた。

レコードの収集家と歌手志望という違いこそあれ、歳《とし》も近くジャズへの造詣が深い、希少《きしょう》な同好の仲間として二人は距離を縮めていったらしい。

アルバイトで生計《せいけい》を立てつつ駅前のジャズバーで時折ステージに立つという生活を送っていた伶花さんが、アイレンの二階に下宿するようになるまでにそれほど長い時間を要《よう》さなかったのも自然な流れであったように見えた。

「――まあこれで圭一殿と故人の方の新堂伶花との馴《な》れ初《そ》めは把握できたというワケであるな」

店の外の壁にもたれかかって、サクラは一息つく。

「うん。圭一さんや伶花さんから聞いていた断片的な話にはなかった事もあったから、やっぱり思い出話で語るのとは情報の密度《みつど》が違うんだろうな」

「ただ当然ながら現時点までに触れた情報だけでは、あちらの伶花に欠けているものを埋めるには程遠い。圭一殿の知る故人・新堂伶花の人生の顛末《てんまつ》を追わねばならぬ」
「それは……まあそうだな。このままだと普通にハッピーエンドっぽいし——いやこれが本当に映画や本ならハッピーエンドでいいんだけど、今は過去に起きた事に関する情報を引き出しているんだもんな」

それからも圭一さんと伶花さんの優しい日々はその後しばらく続いていった。
夜桜の下で手を繋《つな》ぎ。
星を見上げて笑いあい。
月明かりの中語らって。
雪降る町で肩寄せあって。
穏やかな時間だった。
見ている僕らが思わず苦笑してしまう程に、微笑《ほほえ》ましく、気恥《きは》ずかしいくらいの。

——だからこそ。

その日々がほんの少し先に終わりを迎えてしまう事を知っているという事実が、僕らの胸の奥にチクリと刺さったまま抜けなかった。

そしてそれは、彼らにとってやはり唐突《とうとつ》に訪れたのだ。

5

新堂伶花という一人の女性がいた。

歌う事に自分の未来を見出《みいだ》した彼女は、雲を摑むように手探《てさぐ》りで夢を追いかける日々を送る中で、宵道圭一という青年と出会った。

好きな音楽に溢れるこの店での二人の時間は凪《なぎ》の海のように穏やかで、優しい笑顔に満ちていた。

きっと当時の二人も、その日々はずっと続くものだと思っていたのだろう。

——けれど、そうはならなかった。

当時伶花さんがステージに立っていたジャズバーに時折出入りしていたレコード会社の人間から、アメリカの拠点で本格的な指導を受けてみないかと声がかかったのである。

『……確かにジャズではそこそこ大手だし、信用できないレーベルじゃあないネ。君の歌唱力に関しても充分《じゅうぶん》力がある事は誰より僕が知ってる』

『でしょ？　これは私にとって千載一遇《せんざいいちぐう》のチャンスだと思うの』

『けれど、これは正式な契約じゃあない。デビューの保証《ほしょう》は勿論ない。謂《い》わば演歌の内弟子《うちでし》みたいなもんだ。モノになるかわからない。なったとしても何年かかるかわからない』

『私は圭一君が一緒にいてくれれば、どこへ行ったたって頑張れるよ。だから一緒に――』


それはただ真っ直ぐに、前だけを向いて生きる伶花さんらしい言葉だった。

しかし、その言葉は当時の圭一さんにとって必ずしも、迷いを断ち切る言葉にはなり得なかったのだ。


『――僕が身一つだったなら、アテがなくたって一緒に渡米するのもアリかもしれないサ』

『……』

『けれど、親父《おやじ》に先立たれて間もなく身体《からだ》を壊《こわ》して病院に入ったままのお袋を置いて、両親の思い出が宿ってるこの店を畳《たた》んで日本を離れるなんて現実的にできやしない――』

『……そう……だよね』

伶花さんは頰《ほお》を掻きながら笑ってみせたけれど、その瞳には多分《たぶん》に迷いを残したままだった。

「ふむ。どうやらようやく本題に入りそうな気配《けはい》であるな」

気まずさの残る二人のやりとりを見ていたサクラがボックス席に腰掛けて軽く伸びをしながらそんな事を言う。

「……サクラ、不謹慎《ふきんしん》だぞ」

「ご主人、今ここで私達が見ている故人・新堂伶花と私達が助けようとしている伶花は同一人物ではないのであるぞ」

「そりゃあまあ……そうだけどさ」

だからといって、そう簡単に割り切れるほど僕は器用《きよう》にできていなかったし、それは日野さんにしても同じようだった。

「これからこの二人、どうなるのかな……」

「圭一殿はその後も日本で暮らして今現在の圭一殿になっておるのだから、少なくともこの時の新堂伶花の願い通りにいかなかった事はほぼ間違いないのであるな」

「何にしてもここから先が、僕らが知ってる伶花さんにとっての欠けている情報って事なんだろうな……」

サクラ曰《いわ》く、この圭一さんの記憶世界と同化している状況の伶花さんは、どんな気持ちでこの光景を見ているのだろうか。


それからの圭一さんと伶花さんの日々は一見穏やかなままだったけれど、伶花さんも圭一さんもふとした時間に考え事をする事が増えていった。

心に芽生《めば》えた小さな異物感を拭《ぬぐ》えない二人のやりとりの中には、少しずつその影響が出始めていく。

紙に落としたインクの滴《しずく》が小さな染《し》みから段々と広がっていくように。

そしてどのくらいの時間が経《た》ったのか。


『やっぱり、あの話に懸《か》けたいの』

そう切り出したのは伶花さんだった。

『……そっか』

圭一さんも特段驚いた様子ではないから、遠からずこういう日がくる事はわかっていたのかもしれない。

『……駄目《だめ》だって言わないんだ』

『君が考え抜いた先に決めた事なら……僕には止める事はできないヨ』


それから二人は何も言わなかった。

圭一さんの淹《い》れたコーヒーを飲みながら、レコードから流れる音楽にずっと耳を傾けていた。


不意に空間がぐにゃりと歪《ゆが》む。

気が付くと、僕らは薄暗くだだっ広い空間にいた。

整然《せいぜん》と並んだシートに腰掛け、目の前のスクリーンを眺めている格好《かっこう》だった。

「……映画館？」

「……だと、思う」

「まあ映画仕立ての記憶世界であったのであるから、これもまた心象《しんしょう》風景の一つであろうが……」

「あれ……夢路君？」

僕らが状況を把握しようとしたところで、背後から声がかかった。

「圭一さん？」

僕らの座っているシートの少し後ろに、圭一さんが座っていた。

さっきまで僕らが見ていた若い頃の姿ではなく、いつもの圭一さんの方だ。

「えっと……本物ですか？」

「いや、本物も何も……？」

圭一さんは席を立ち、僕らの近くへ来て座りなおした。

「ああいや……さっきまで僕達、若い頃の圭一さんを観ていたので」

「ああっと……まいったな……君達も同じものを観てたのか……はは」

ばつが悪そうに少し視線を逸らす。

「あの……聞きにくい事であれなんですけど、あの後って……」

「当時の国内の音楽業界でジャズボーカルでプロになるのは、才能がある人間にとっても風向きがいい時代とはいえなかった。国内需要は歌謡曲とアイドルソングで占められていたからね。だから彼女のもとに舞い込んだ話は難しい道のりの中でも現実的なものだったと思う」

「……」

「一方の僕は、定食屋をやってた親父が死んで、残された母親が店を改装して喫茶店を始めて数年だったからネ……。心労が祟《たた》って身体を壊した母親が病院に入ってしまったから尚更《なおさら》、あの店を捨てるわけにはいかなかった」

「お母さんも一緒にとかって選択肢は……」

「あっちでの収入のアテもないのに、病院暮らしの人間を一緒に連れて渡米だなんてできやしないヨ。向こうの医療費《いりょうひ》って日本と比べたら遥《はる》かに高いんだから」

言われて僕はあまりに短慮《たんりょ》な質問をしてしまったと後悔《こうかい》した。

学生の僕らにはピンとこない話だけれど、経済的な事情は現実としてある。

「……まあ何にせよ、当時の僕には色んなしがらみを断ち切ってまで彼女についていて渡米するだけの勇気がなかったのは事実だ。正しいとか正しくないとかじゃなく、僕がそうしなかったという事実だけは間違いなくある」

自虐的《じぎゃくてき》に笑った圭一さんの声には、今更変えようがない過去へ抱いた無力感だけがあった。

「そうなった僕にできた事といえば……あとはせめて、彼女の夢の足かせにならない事くらいだった」

「……それって」

「……また、始まるヨ」

圭一さんのその言葉に応えるように、僕らの目の前のスクリーンに光が点《とも》る。

鳴り始めた上映のブザーが、やけに耳について離れなかった。

6

旅立ちの朝。

『それじゃあ……、いってきます』

振り返った彼女は爽《さわ》やかに微笑んだ。

その顔には、多くの希望とほんの少しの寂《さび》しさが見てとれる。

怜花さんは大きめのトラベルトランク一つで、思いのほか身軽な装《よそお》いだった。

『……いってらっしゃい。君も……身体に気を付けて』

対して、努めて笑顔で応える圭一さんの表情には未《いま》だ割り切れない迷いや葛藤を無理に押し込めたような苦しさが透《す》けて見えるようだった。

すべてのしがらみを断ち切って彼女の未来を隣で見届けたい感情は、別れの時にもずっと抱いたままだったんだろう。

『落ち着いたら、手紙出すよ』

『ああ』

『国際電話は高いけど、たまには電話もする』

『……ああ』

『それから――それから、何年かかっても、絶対プロになるから』

『……楽しみにしてるヨ』

『――じゃあ、もう、行くね』

それ以上は伶花さん自身、未練《みれん》が大きくなると思ったのかもしれない。

明るく笑って、トランクを持とうとする。

『伶花さん』

圭一さんの声に、伶花さんの手が止まる。

『……これを』


そう言って差し出したのは、冊子《さっし》のようだった。

手渡されたそれと圭一さんの顔を交互に見た後、伶花さんはその冊子をゆっくりと開いた。

『これ……押し花？』

『最初は花束で渡そうかと考えたんだけどネ。こっちの方が枯れないし……、伶花さん、かさばるの嫌《いや》がると思ってサ』

『あはは……よくおわかりで』

伶花さんは苦笑してポリポリと頬を掻いた。

『そりゃあ、まがりなりにも暫《しば》く一緒にいたんだ。君の性分《しょうぶん》はだいたいわかってるつもりだヨ』

『……キレイだね。これ、何て花?』

『——アイレン。アイレン・ホルギン』

『花言葉は?』

『……え?』

驚いた圭一さんに、伶花さんはニヤリと悪戯《いたずら》っぽい笑みを浮かべて言った。

『どうせロマンチスト気取りの圭一君の事だから、意味深《いみしん》な花言葉でも仕込んであるんでしょ?』

『あー……。よく……おわかりで』

『そりゃあ、まがりなりにも暫く一緒にいたんだから』

『…………』

『…………』

『ぷっ』

『はは』

同時に吹き出して、笑いあう。

『アイレンの花言葉は――』

『……』

『――あなたの幸せを願っています……かな』

贈られた言葉を伶花さんは目を閉じて何度か反芻《はんすう》した後、

『ありがとう』

そっと圭一さんの手をとった。

『どうか、あなたも……幸せに』

そうして。

かつての新堂伶花という女性は、鶉野森町から旅立っていった。


「――朝霧君」

隣の日野さんが小声で話しかけてくる。

「どうしたの？」

「私ね、もし過去の伶花さんと圭一さんが仲違《なかたが》いして別れていたらどうしようって思ってたんだ。でも、そうじゃなかったみたいで……少しホッとしてる」

「……うん」

妖と人間の間で揺れ動く今の伶花さんは、自《みずか》らの霊気体を「人間・新堂伶花」として固定するためにこれらの情報を自己認識の中に落とし込み、受け入れなければならない。

それを思えば、日野さんの言う事はもっともである。

「けれど結局、僕はそれをずっと悔《く》いる事になった」

「……圭一さん？」

胸をなでおろしたのも束《つか》の間《ま》。

僕らが振り向いた時、圭一さんはこれまで見たこともないくらい辛《つら》く苦しそうな表情を浮かべていた。

7

ひどくノイズの混じった映像には、雨の中で傘《かさ》もささずに立ち尽くす圭一さんの姿が映し出されていた。

初めは周囲に他の人間も何人か映っていたけれど、次第に一人二人と去り、最後には圭一さん唯《ただ》一人になった。

そうしてもう随分《ずいぶん》長い時間、その光景だけが続いている。

ひどく憔悴《しょうすい》した若き日の圭一さんの目の前に。

小さな墓石《ぼせき》だけが、何も語らずに佇《たたず》んでいる。

「……渡米してから十年目のある日——彼女は自ら、人生を閉ざしてしまった」

圭一さんはそう告げた後、深く息を吐《つ》いた。

故人である事は踏まえた上で圭一さんのこの記憶世界を見ていた僕らでさえ、それは想像もしなかった話である。

厳密《げんみつ》には別人とはいえ、その姿や人格を模倣した妖の方の伶花さんの持ち前のポジティブな振る舞いを知っているだけに余計《よけい》に結びつかない。

「……なん……で……」

日野さんの声が心なしか震えている。

「人間誰しも、夢だけを支えに遠い地で一人歩き続ける事ができるわけじゃない」

「……」

「人生を懸けるほどの事で思うような結果が出なかったり、心が弱くなった時に隣に手を取り、支えてくれる誰かがいなくても、踏ん張れるという人はそう多くない。……もしそんな人がいれば、彼女も歌い続けられたかもしれない」

「……圭一さんは——」

圭一さんの言葉にふとした疑問が湧《わ》いた僕は、それを一瞬聞いてよいものかどうか迷ったものの、意を決してその先を口にする。

「圭一さんはその時……どうしていたんです？　今みたいにメールやSNSがなかったっていっても、そんなに思いつめるなら手紙や電話だって――」

「彼女との連絡は、五年ほどで殆ど絶えたんだ」

僕の問いに、圭一さんは苦笑交じりに言った。

「……現地の音楽プロデューサーと、その……、恋仲になったらしくてネ」


ミシリ、と。

何かが軋《きし》むような音が聴こえた気がした。

けれど僕は思いもよらない圭一さんの言葉に、それを気に留《と》めるだけの余裕を失っていた。

「どうして……。だって、仲違いで別れたわけじゃあないんでしょう……!?」

思わず圭一さんの肩を摑んでしまう。

圭一さんは僕の顔を見て、苦笑《にがわら》いを浮かべたまま静かに首を振った。

「確執《かくしつ》が原因でなかったにせよ、僕は彼女の隣にいる道を選ばなかった。その時点で僕には既に、彼女のその後をどうこう言う資格はないよ」

「……僕には……そんなの、よくわかりません」

「はは。……まだわからなくていいんじゃないかな。君くらいの歳でそんなに達観《たっかん》されたらオジサンとしちゃ立つ瀬《せ》がないし、サ」

冗談《じょうだん》めかした言い回しをしているけれど、力ない苦笑の下には形容し難《がた》い複雑な思いがあるようにも感じられた。

「でも、それなら尚更、伶花さんには自殺する前に踏み止《とど》まれる環境があったんじゃないんですか？」

感情的に反応した僕とは対照的に、日野さんは冷静に圭一さんの言葉を咀嚼《そしゃく》し、話の流れを整理しようとしていたようだ。

確かに日野さんの言う通り、圭一さんではなかったにせよ誰かしら彼女に寄り添える人が存在したのであれば、最悪の悲劇は起きなかったんじゃないのか。

けれども圭一さんの答えは、そんな僕や日野さんの疑問を容赦《ようしゃ》なく切り捨てる事になった。

「……心惹かれ、同時に夢も託した相手に裏切られたとなれば、彼女の心が行き場を失ってしまうのは当然だったんだ」

「そんな……そんなことって……」

僕と日野さんが絶句する。

そして、その直後。

ミシミシと、さっきの軋み音が、四方――いや、この空間全体から聴こえ始める。

「一体……何が……」

「……チッ。これはもしや……」

それは次第に大きさを増し、遂《つい》には巨大なガラスが粉砕《ふんさい》されたような音とともに、僕らが見ていた空間全体が粉々に砕《くだ》け散った。

「……な……んだ、これ」

砕けた景色《けしき》の向こう側は、火の海のようだった。

赫《あか》い。

赫い炎が、一面を埋め尽くしている。

そしてその中心――僕らからやや離れた場所には、一際《ひときわ》大きな炎の塊《かたまり》が渦巻いていた。

その塊が生物のように蠢《うごめ》くのを見て、僕は不意に猛烈に嫌な予感がした。

「――いかん！」

サクラが叫ぶのと同時に、僕は日野さんと炎の塊とを結ぶライン上に立ち、日野さんを抱え込む。

「あ、朝霧く――!?」

状況が摑めない日野さんが驚きの声を上げるのと、炎の塊から同心円状に噴《ふ》き出す熱波が吹きつけたのは同時だった。

「あ……ぐ……！」

その瞬間、自分の魂が悲鳴を上げるのを感じた。

叩《たた》きつける熱波は、物理的な火傷《やけど》を負わせるものではなかった。

代わりに僕を襲ったのは、身を焦《こ》がすような思念《しねん》の奔流《ほんりゅう》。

『違う、違う、違う、こんなんじゃない、私がなりたかったのは、こんな、こんな、圭一君、圭一君、助けて、助けないで、ごめんなさい、許して、許さないで――』

行き場も方向も見失ったような叫び声が、背中を貫通して魂を抉《えぐ》るように叩きつけてくる。

「……ぐ……う……！」

こんな思念の中に曝《さら》され続けていたら、こちらの心までどうにかなってしまう。

「ええい……伶花のやつめ、このままではこの空間ごと自壊《じかい》するであるぞ……！」

サクラは圭一さんを護りながら苦い顔をしていた。

「ご主人達！　こちらへ！」

サクラが叫び、懐から数枚の札を取り出して頭上へ放り投げた。

『――家門高《いえかどたか》く　彌永《いやとこし》へに　擧《あ》げしめ給《たま》ひ松の緣の變《かわ》ることなく――』

祝詞《のりと》に応え、宙《ちゅう》を舞った札が光を帯びてサクラの周囲を旋回《せんかい》し始める。

やがてそれは光る球状の薄い膜《まく》のように変化していった。

僕はどうにかこうにか日野さんを連れてサクラの張った術の内側へ入り、それと同時に脱力する。

「朝霧君！」

崩れ落ちるように両手をついた僕を、日野さんが心配そうに覗き込んでくる。

「足に……力が入らない……」

「あれは伶花の思念であると同時に、高密度の霊気の波である。ここでのご主人達は謂《い》わば剝《む》き出しの魂魄《こんぱく》。長い時間直撃を受ければ形を保てぬほどに損傷《そんしょう》を受けるやもしれぬ」

「一体、何が起きてるんだ……？」

「記憶世界がもたぬのであるよ」

「……なんだって？」

「この空間は圭一殿の記憶世界とは言ったが……、形成している霊気は伶花のものが基礎になっておる故な……、受け入れ難い真実を目の当たりにして空間が崩壊を始めたのである」

そうか……この空間と同化しながら、伶花さんの意識はこの圭一さんの過去の情報を取り込んでいたんだ。

けれど、明かされた故人・新堂伶花という人物の人生の顛末は、圭一さんと添い遂げるためにこの術式を試みた伶花さんにとってあまりにも――。

「とにかく、この術の外に出てはならぬ。死にたくなければ、な」

サクラが印《いん》を切ると、僕らを包んだ光の幕が輝きを増した。

「あれ……」

不意に、圭一さんが口を開く。

その指先は、渦巻く焔《ほむら》の中心を指していた。

そしてその中には確かに――。

「……そんな」

泣き崩れ、立ち尽くすだけの伶花さんの姿が在った。

「サクラ！　あそこに伶花さ――」

僕が叫び終わるよりも早く、

「伶花さん！」

圭一さんは、サクラの張った光の膜から飛び出していった。

「圭一さん！」

「ええい……！　間に合わぬ！」

次の瞬間、僕らの視界は焔《ほのお》に吞《の》まれた。

8

——白。

何にも染まらない、白。

何かに染まっていない、白。

本来純粋で混じり気のないそんな色に、何故僕はこれほど不安定さを感じるのだろうか。

気が付いた時、僕らは社殿へ戻っていた。

そして僕の目に飛び込んできたのは、真っ白な髪の人影。

「……」

髪だけではない。

無言で佇むその人影は、透けるような白い肌をしている。

その足元には、倒れ伏した圭一さんの姿が在った。

「圭一さん……！」

呼びかけてみたが反応がない。嫌な予感がした。

「剝き出しの意識体であの空間の崩壊の余波を受けた以上、魂魄の損傷は覚悟せねばならぬ」

サクラが唇《くちびる》を嚙む。

「くそっ……何でこんな……」

「――ア」

不意に、声が聞こえた。

「伶花……さん……？」

白い人影が着ている服がそのままだったから判別できたのであろう。日野さんが、恐る恐る白い人影に声をかける。

ゆらり、と。

こちらへ振り向いた人影は、間違いなく伶花さんの形をしていた。

横目でサクラを見ると、じっと伶花さんを見据《みす》えて眉間《みけん》に皺《しわ》を寄せている。

「違ウ」

「……え？」

不意に発せられた否定の言葉。

「違ウ……チがウ……」

それは紛《まぎ》れもなく、伶花さんの声だった。

「こんなノは……ちガう……！」

苦しそうに胸のあたりを押さえ、慟哭《どうこく》している。

――嫌な予感がした。

サクラの術式が結果的に失敗したのだとすれば、伶花さんとしての精神の維持《いじ》――即ち伶花さんとしての霊気体の維持ができなくなるのではないだろうか。

「伶花さん！　しっかりして下さい！　アナタは間違いなく伶花さんです！　だから落ち着いて！」

僕が強く呼びかけると、彼女はゆっくりとこちらに目を向けた。

髪や肌同様、全く色のなくなった瞳を前にして背筋をゾクリとしたものが走り抜ける。

「ユメジ、くン」

「そうです、わかりますか？　伶花さん」

「違ウノ……あんなノがわタシじゃあいケないノ」

……？

「……何を……何を言って──」

「──ご主人」

伶花さんの変貌《へんぼう》に戸惑《とまど》う僕の肩に、サクラが手を置いた。

「サクラ……。伶花さん、どうしちゃったんだよ……。術式が失敗して、伶花さんの霊気体に影響出てるんじゃあないのか……？」

けれど、サクラの見解は僕とは違っていた。

「いや。我々を巻き込んだとはいえ、術式そのものは正しく発動したし、正しく作用していたのである。そして妖・サトリとしての力と意識を失い、その霊気を基にかろうじて人としての形と仮初《かりそ》めの自我を保っていただけのはずの伶花では、仮に私の術式が失敗しても妖の面があぁして出てくる事は有り得ぬ」

「じゃあ、なんで……」

「前提が違っていたのであるよ、ご主人」

──前提。

前提が違うとは、どういう事なんだ。

「サクラ……。僕には言っている意味が……」

「多分……妖・サトリとしての意識はなくなっていて、自分を新堂伶花さんだと認識していたっていう私達の考えそのもの」

答えたのは日野さんだった。

「……それって、初めから今まで、妖としての意識も在ったたって事？」

「初めからなのかはわからないけれど……、少なくともここ数日のうちには自覚していたと思う」

「そんな……。だって、そんなまわりくどい事する理由なんてあるとは……。第一、それじゃあ僕らを騙《だま》していたって事になるだろう？　彼女は悪意のある存在じゃないってサクラも言ってたじゃないか」

加えて、今僕らがいるのは鵜野森神社の社殿だ。

悪意ある霊的存在ならばこの社殿はおろか鳥居《とりい》から内側の敷地へ入り込む事すらまともにできないはずだ。

何よりこの数週間、僕らは伶花さんと接してきた。

あの屈託《くったく》のない笑顔と、奔放《ほんぽう》でバイタリティに溢れた彼女の振る舞いが他者を騙すためのものだったなんて思いたくない。

「だいたい、僕らに対して害意を持つ理由なんてないだろう……」

「ご主人。欺《あざむ》く……という行いは、害意や悪意によってのみ起こされる行動とは限らぬのである」

悪意からではない嘘《うそ》。

もしその推測《すいそく》通りだとすれば、それは一体どんな事情から生まれた行為なのだろうか。

僕は再び伶花さんの方へ目をやった。


「……ケイいチ……クン？」

伶花さんは自分の足元に倒れている圭一さんに気付き、その名前を呼ぶ。

やがて膝《ひざ》を折り、不安気にその手を握りしめた。

「けイイちくん……ケイいち……クン」

何度も、何度も呼びかける。

いたたまれず僕が前に出ようとするのを、サクラが制した。

「……ゴメんナサい……ケイイちくん……」

圭一さんの意識が戻らない事を覚《さと》り、伶花さんは涙を流し始めた。

そして静かに目を閉じる。

「――――」

それは初め、聴き取れないほどの小さな音だった。

伶花さんの発した何事かの言霊。

それはやがて、伶花さんの身体が淡い光を発し始めるとともに僕らの頭の中に直接響き始める。

「これって」

日野さんの顔を見ると、彼女はこくりと頷く。

「……『マイ・フーリッシュ・ハート』。伶花さんと圭一さんの出会いの日に歌ってた、思い出の曲」

伶花さんから溢れる光は、圭一さんの身体を包み込んでいた。

温かで、慈《いつく》しみに満ちた、そして何故か悲しさを湛《たた》えた輝きだった。

9

歌声を乗せた光。

伶花さんから溢れ出したそれは圭一さんの全身を包み込んでいた。

「……綺麗」

思わずそう漏《も》らした日野さんは、ハッとしてサクラを見上げた。

「ねえ、これって」

「……私がやった術式と基本的な原理は同じである。尤《もっと》も……己の霊気を圭一殿の魂魄に直結させた後は、圭一殿の意識を覗き見るのではなく損傷した魂魄を治癒《ちゆ》しようとしておるのである」

「そんなこと、できるのか……」

　圭一さんの手を取り歌い続ける伶花さんを見て、僕は息を呑んだ。

「私の術式は謂わば、サトリの力の一部を、手持ちの知識とこの神社に貯《た》めた霊気を使って限定的に再現してみせたような代物《しろもの》である。本家本元とあらば単独で魂魄に直接干渉する事も或《あ》いはできるのやもしれぬ」

　そこまで言って、サクラは渋面《じゅうめん》になった。

「ただ……」

「……？」

「本当に妖としての精神が戻っていたにせよ、真にサトリであった頃の本体を失い、私の補助なしでは力を振るう事はおろか、人としての形を維持する事さえやっとという程弱っていた事は事実である。あのまま続けて、果たして伶花自身が無事で済むかどうか」

「…………」

それは、献身《けんしん》と呼ぶべきなのだろうか。

それとも贖罪《しょくざい》や、或いは別の何かだろうか。

「伶花さん！」

僕は大声で呼びかける。

けれど伶花さんは変わらずに力ある歌声を光に乗せ、圭一さんに送り込み続けた。

「サクラ！　伶花さんが危なくなるなら止めるとか、そうでなければ手伝うとかできないのか!?」

「魂魄を直結させての霊的治癒は、言う程簡単な行為ではないのである。無理に引きはがせば圭一殿の魂魄が更に損傷しかねない。かといって私が下手《へた》に手を貸すのも気の流れが複雑になり治癒どころではなくなるやもしれぬ」

ただ見守るしかできない歯痒《はがゆ》さに、僕は唇を噛んだ。

そうしてそのうちに。

伶花さんから溢れ出た光からいくつかの欠片《かけら》が僕らの方へ漂《ただよ》ってきて、僕らの目の前で線香花火みたいに小さく弾《はじ》けた。

――ごめんね、圭一君。

「……今の」

「むう……」

その声が聞こえたのは、僕だけではなかった。

日野さんとサクラと、同時に顔を見合わせる。

「怜花さんの声だ」

「でも、今怜花さんはそこで……」

「思念の欠片か……」

「サクラ！　あれ……！」

異変に気付いた日野さんが声を上げる。

光が圭一さんへと流れ込むほどに少しずつ、怜花さんの身体が光に溶けて崩れ始めていた。

「怜花……！　もうよい！　あとは私が何とかする故、お主《ぬし》は離れよ！」

サクラはそう言って懐から術に使う札を取り出して呼びかけたけれど、怜花さんはやはり歌う事をやめなかった。

代わりに僕らの方へチラリと視線を向けて、少しだけバツが悪そうに笑ってみせた。

二人を包む光は、次第に輝きを増していった。

「――僕は……どうなって……」

圭一さんが目を覚ます。

「――サクラ！　圭一さんの意識が戻った！」

「あれ……夢路君、咲クン？　……ああ、そうか。ここ、夢路君ちの社殿か……」

上体を起こし、はっきりしない意識を戻そうと頭を振る。

「……そうだ、伶花さんは？　僕は確かあの世界が崩れた時に泣いてる伶花さんを見つけて――」

周囲を見渡した圭一さんは、やがて自分の少し後方に横たわる伶花さんの姿を目にした。

その横でサクラが大量の札を使い、霊気の流出を抑え込んでいた。

「伶花さん！」

圭一さんは足取りもおぼつかず、ふらつきながら駆け寄る。

「――――！」

そしてそのまま絶句してしまう。

伶花さんの身体は、既に半分近く崩れ去っていた。

「……記憶世界の崩壊で圭一殿の魂魄が受けた傷を、なけなしの力で治癒した代《だい》償《しょう》である」

「そんな……」

　膝をつき、圭一さんは伶花さんの手を握りしめた。

「どうしてそんな無茶を……」

　伶花さんがゆっくりと目を開けて、圭一さんの顔を見て微笑んだ。

「……私ね、本物になりたかったの。本物の新堂伶花に」

「それは……どういう……。本物も何も、君は伶花さんじゃないか……」

「こんな、真っ白のオバケなのに？　本当の私には、何も無い。なぁんにも無かったの」

　伶花さんは自虐的に笑う。

「……？」

「私ね、消えちゃってもおかしくないくらい弱ってたの。本体も失って、希薄《きはく》になった霊気だけでこの町を漂ってた。鵜野森神社の近くに辿《たど》りついたのは、偶然。霊的な力に引き寄せられただけ」

「…………」

「私は……私はサトリ。人の心の内にある強い思いを見せる事で、人間の感情を糧《かて》に生きる……妖」

「君が人間かそうでないかなんて、どうでもいい！　何でこんな……こんな年寄り一人助けるために自分を犠牲《ぎせい》にするような……！」

「私がこの町に流れついた日、圭一君が強く深く、誰より会いたいと願っていた追《つい》憶《おく》の中の想い人。今にも消えそうだった私にはその想いがとても眩《まぶ》しかった。そんなふうに、何年経っても想われ続けている新堂伶花になってみたいと思った。きっとそんな圭一君に想われ続けていた彼女も、ずっと圭一君を想っていた人間なんだろうなって。だから、残っていた力で圭一君の思い出の中の新堂伶花の姿を写し取ったの」

人の心を見続け、人の愛情に憧《あこが》れた妖の辿り着いた場所。

その最後が、こんな結末でいいと言うのだろうか。

「……結局、弱っていた私は圭一君の記憶にある一番眩しかった頃の思い出しか視る事ができなかった。ごめんね……圭一君のもとからいなくなって、心変わりまでした人の姿をまた見るなんて……辛かったよね」

「そんな事はない。……もう会えないはずの人の、在りし日の姿をもう一度見せてくれたんだ。こんな夢みたいな事、感謝こそすれ……恨《うら》んだりなんてするもんか」

「ふふ……ありがと。でももうじき夢はおしまい」

怜花さんがうっすらと透け始めた腕を見せる。

「私は幻《まぼろし》みたいなものだもの。雪が溶けるみたいに、もうじき消えるから」

数週間、同じ時間を過ごし、今も確かにそこに在る存在が消えようとしている。

「サクラ……！」

すがるようにサクラを見ると、伏し目がちに首を振った。

「……本体を失った状態であれだけの霊気を他者に分け与えたのである。これでは元々ギリギリで保っていた霊気体の固定もままならぬ」

「そんな……何か！　何かあるだろう！」

「……霊獣仙狸《れいじゅうせんり》が聞いて呆れるであるな。……すまぬである」

サクラは悲痛な言葉を絞り出すように言った。

――こんな。

「こんな終わりでいいんですか……？　まるで初めからいなかったみたいに消え去ってしまって……。それで貴女《あなた》は本当にいいんですか……！」

「ご主人……」

「仕方ないわ」

まるで、殉教者《じゅんきょうしゃ》のような目だった。

これから自分の身に訪れる避けようのない結末を抗《あらが》うことなく受け入れようとし

ているかのような笑顔を、僕へ向けた。

その直後だった。

「……仕方なくなんてない」

その言葉は、日野さんが発したものだった。

10

「仕方なくなんて……ないんです」

それまで黙っていた日野さんが、はっきりとした口調で伶花さんの言葉を否定した。

その目には強い意志が感じられる。

伶花さんは一瞬驚いた後、やはり苦笑交じりに首を振った。

「……咲ちゃん……。気遣《きづか》ってくれて、ありがとう。でもね――」

「仕方なくなんてないんです！」

けれど日野さんは引かなかった。

「姿形や話し方は確かに圭一さんの記憶から写し取ったものかもしれない。……でも、今の伶花さんには妖として持っていた本来の意志がある！　なのに、その気持ちを圭一さんにまだ何も伝えてないじゃないですか！」

「私……の？」

「妖としての意識が戻っていたのに、こんなになってまで圭一さんを助けたのはどうしてなんですか！　新堂怜花である事を拒絶《きょぜつ》してしまったはずなのに、自分を犠牲にしてまで治癒を続けたのはどうしてなんですか！　新堂怜花としてじゃない、貴女の気持ちを……伝えないままでいいんですか⁉」

　夏の事件の時に一度見せて以来、日野さんがここまで感情を強く表に出す姿を見た記憶がない。

　今の怜花さんの境遇《きょうぐう》に、本当の気持ちを押し殺して生きていた頃の自分を重ねたのかもしれない。

「咲……ちゃん……」

「『マイ・フーリッシュ・ハート』」

「……え？」

「貴女がずっと歌い続けたあの曲は、自分の恋心に気付く歌なんでしょう？　戸惑って、不安で。でも嬉しくて、幸せで」

「でも、それは」

　日野さんは怜花さんの胸元に手を添える。

「貴女の気持ちは……貴女の想いはここにあるんです。誰かの影や幻じゃなく、貴女自身の想いが。そうでなければ……『新堂伶花である事』を否定した後に歌えるわけがないんです」

日野さんが言いたい事の全てを言い終えると、伶花さんは一度目を閉じ、深く深呼吸をする。

そして再び目を開け、圭一さんの方へ顔を向けた。


「……圭一君」

「……ああ」

「私ね、新堂伶花じゃあないの」

「……ああ、わかってる」

——それは。

「人間でもないの」

「……気にするようなことじゃあない」

それはまるで。

「私、圭一君の淹れたコーヒーが好き」

「……そりゃあ光栄だ」

映画から切り取ったシーンのようで。

「圭一君の、声が好き」

「……煙草《タバコ》で年中嗄《か》れてるけどネ」

歌うようなやりとりで。

「圭一君の……笑った顔も好き」

「……生え際《ぎわ》気になってきちゃったけどサ」

ほんの短い間だったけれど。

「圭一君の、全部が、好き」

「…………ああ」

それはとても、優しい時間のように見えた。

「私、ね――」

「……」

怜花さんの目から、大粒の涙が零《こぼ》れた。

「私……明日も明後日《あさって》も、圭一君の隣にいたいなあ」

圭一さんは怜花さんを抱き寄せると声を震わせ、絞り出すように言った。

「……ずっといればいい。……老《お》い先《さき》短いこんな僕の店でよければ、好きなだけ
……！」

圭一さんの腕の中で伶花さんの身体が、急速に光の粒に分解してゆく。

「だからまだ……まだ行っちゃあ駄目だ……」

圭一さんの腕に力が籠《こ》もった。

「亡くなった人間の代わりとしてなんかじゃなく、これからは君自身が幸せにならなきゃいけないんだ……。なのに……」

「……圭一、君」

「………………ああ」

「ありがとう」

「……」

「どうか、あなたは、しあわせでいて」

言い終えた伶花さんは深く息を吐く。

「……約束する」

圭一さんの返事を満足そうに見届けた彼女は、屈託のない笑顔で光の中へ消えていった。

11

怜花さんのいなくなった社殿は、只々《ただただ》静けさに包まれていた。

日野さんも涙を堪《こら》えきれず、僕の背中に額《ひたい》を押し付けて泣いていた。

言葉がなかった。

「――――」

さっきまで確かに存在した怜花さんの――人間の心に惹かれた妖・サトリの温《ぬく》もりを確かめるように、圭一さんは自らの両の手を見つめている。

「……彼女が現れてからずっと、正直夢でも見てるみたいな毎日だった」

「……はい」

「僕みたいな老い先短い人間にとっちゃあ、出来すぎた話だよ。結末はどうあれ、あんなに騒がしくて楽しい時間を幸せじゃなかっただなんて言ったら……それこそ罰《ばち》が当たるってもんだ」

「圭一さん……」

「けれど……彼女はどうだったんだろうねェ……。その存在を代償にするほど、彼女は幸せだったんだろうか」

彼女が最後に見せた笑顔は嘘ではないだろう。

亡き人を偲《しの》び、思い続ける圭一さんの心に触れた彼女は、その心の持つ光に魅《み》せられた。

在りし日の新堂伶花としてアイレンに現れた日からずっと、彼女は圭一さんの傍《そば》にい続けた。

自らが妖である事を思い出した後も、妖として力を取り戻すよりもただの人間として圭一さんの隣で生きたいと願った。

その想いだけは、最終的に新堂伶花を演じる事を自ら拒絶しても尚《なお》変わる事がなかったのだ。

ただ、自らが消えてしまう瞬間まで圭一さんの幸せを願っていた彼女の胸の内を、完全に推《お》し量《はか》れると思うほど僕は自惚《うぬぼ》れてもいない。

はっきりしているのは、彼女は圭一さんという、あらゆるものと秤《はかり》にかけても勝《まさ》るものを、最後に見つけたのだという事くらいだ。

「あやつの幸せはあやつにしかわからぬよ、圭一殿。例《たと》えほんの一時《ひととき》であれ、心寄せた相手と偽《いつわ》らざる自分で通じ合えた事は、全てを懸けるに足るものだったのであろう」

「……ああ」

「正直な話、本体はおろか依代《よりしろ》もなく霊気体だけで一月《ひとつき》近くあの姿を維持できたのが不思議なくらいであった故。これもあやつの起こした奇跡やもしれぬ」

「……そうか……そうだネ」

言って、少しふらつきながら立ち上がる。

その拍子《ひょうし》に、何か白と赤紫の色をした小さなものが床に落ちたのが目に入った。

「圭一さん、今落ちた足元のそれ、何ですか？」

「え……？」

僕に言われて、圭一さんとサクラが下に落ちたそれに目をやる。

「これは……」

「花……であるな。――微《かす》かであるが、霊気の残滓《ざんし》が感じられる」

拾い上げたその小さな花弁《はなびら》には、僕も見覚えがあった。

「圭一さんの店に飾ってあった花だ」

「アイレン……。でも、どうしてこんな所に……」

「いや」

何か思い当たる節があったのか、サクラは圭一さんの肩を掴んだ。

「……圭一殿。伶花が初めてお主の店に現れたあの晩――あの時、何をしていたか覚えているであるか？」

「え……。あの晩……？」

「そう、伶花がお主の目の前に出現する直前に何をしていたかを思い出すのである！」

「ええ……と。あの日は伶花さん……ああっと、昔亡くなった方の伶花さんの墓参りに行ったんだよ。その後店に顔出した夢路君と少しお喋《しゃべ》りして……。店の準備済ませて……、それからそうだ、墓参りの帰りに買ったアイレンを愛《め》でながらビル・エヴァンスの曲を――」

「……！」

　圭一さんが話を終えるより早く目の色を変えたサクラは社殿の出入り口へと駆け寄り、戸を開け放った。

　表の冷えた空気が一気に部屋に入ってきて身震《みぶる》いしたが、サクラが何をしているのかが気になって僕らも後を追った。

　サクラは先程拾った花弁のひとひらを掌《てのひら》に載《の》せて目を閉じた。

『――眼に見えぬ元津氣《もとつけ》は百不《ももたらず》八十《やそ》の神氣《かみき》を生給《なしたま》ひ　眼に見える物は日の御國《みくに》
月の御國　星の御國――』

　力ある言葉を受けて花弁はぼうっと淡い光を纏い、サクラを中心に同心円状にうっすら光の波が数度、広がっていくのが見えた。

「サクラ、いきなりどうしたんだ？」

「通常、霊気体を形成するには私のように妖本体が自らの意志で本体そのものを高密度に練り上げた霊気で覆うものである。もう一つは、付喪神《つくもがみ》の類《たぐい》のように特別な条件下で依代となり得る何かが霊気を纏い、力を持つというものである」

「それが、その花弁と何か関係あるのか？」

サクラの切り出した話の意図が摑めない僕の隣で、日野さんは何かが嚙み合ったような表情を浮かべた。

「ひょっとして……圭一さんの店にあったアイレンの花が、その依代……っていうこと？」

「元より違和感はあったのである。強大な権能《けんのう》を誇る伝説級の大妖《たいよう》でもなければ、本体や依代もなしに実体化するなどできる事ではない。如何なる経緯か本体を喪失《そうしつ》し消滅寸前でこの町を漂っていたサトリの霊気は、霊的な力の強い鵜野森神社周辺という土地柄と、人の心に触れる事のできるサトリの意志を再び一所に集約させる鍵となった圭一殿の心、そして故人の面影を強烈に思い起こさせる思い出の花。それらが複雑に重なり合って発生した条件によって、アイレンの花自体が霊的な因子《いんし》を付与《ふよ》され依代としての役目を果たしたのであろう」

「えっと……よくわからないけど、つまりそのサクラが手に持ってる花弁が、伶花さんの霊気体を形作る起点……みたいになってたって事？」

「然《しか》り」

空の上の水分が雨になるのには大気中の微細《びさい》な塵《ちり》なんかが必要であるようなものだろうか。

……とはいえ、本当にそうであったとしても、だ。

「けど伶花さんがああいう形で存在できた事に一応の説明がついたところで、今更……」

「先程この花弁を使って近隣一帯の霊気を探《さぐ》ってみたのであるが、波長を同じくするものがごくごく近い場所に存在する事が確認できたのであるよ。場所は商店街の方角。おそらくは――」

サクラが言い終えるより早く、圭一さんは目を見開いて言った。

「もしかしてウチの店……って事かい？」

「うむ。……ここは賭《か》けてみる価値はある、という事であるな」

サクラはそう言って、不敵に笑ってみせた。

12

――私は「私」を形作っていたものの殆どを手放した。

躰《からだ》は散り散りになり、残った意識も希薄になっていくような感覚。

長い時間をこの世で過ごしてきて、初めて自身の終焉《しゅうえん》というものを意識する。

はじまりはもうよく憶えていない。

二百年前だったか、三百年前だったか。

或いはもっと前からだったのか。

いずれにせよ、気の遠くなるような時の彼方《かなた》の話だ。

心象風景の中に在るものを写し取り、それを見せる事で溢れ出した人間の感情を糧に私は生きてきた。

それは見る人にとって時には喜びであり、哀しみであり、愛《いと》しさであり、憎しみであり、希望であり、絶望でもあった。

強い感情の振れ幅であれば、その性質に依《よ》らず力を得る事はできる。

だから昔は選《え》り好みもしなかった。

けれどいつの頃からだったか、取り込んだ力から一緒に流れ込んでくるものがある事に気付いたのは。

妬《ねた》み、嫉《そね》み、憎悪《ぞうお》、疑心、恐怖。

そういった類の感情はどんな時代のどんな土地にも事欠かなかったが、それらを取り込む度《たび》に私の中に言いようのない不快感が流れ込んでくる事に気付いた。

いつしか私はそれらを自分の霊気として取り込む事を遠ざけるようになり、隣人を慈しむ想いや、遠く離れた子の幸せを願う親の愛情などの希少な心からしか糧を得る事をしなくなっていた。

この世は半々にはできていない。

荒《すさ》んだ時代と平和な時代が半々ではないように、人心もまた半々ではない。良き心からしか力を得ないと決めた私は次第に力を失っていったが、負の感情を取り込んだ時に流れ込んでくるドロドロとした粘着質《ねんちゃくしつ》の得体のしれない何かに自分の内側から浸食《しんしょく》されていくような苦痛を味わう方が嫌だった。


数十年前にとても暗い時代があったのを憶えている。

沢山の血と涙が流れ、人々は希望というものを丸ごとどこかへ捨ててしまったのかと思ったほどだ。

どこを見ても恐怖と疑心と憎しみしかなく、国中を彷徨《さまよ》っても私の求めるものとは出会えなかった。

そうして訪れた、その先の時代。

私はようやくまた人間の良き心を見る事ができる時代が来るのだと、期待に胸を躍《おど》らせた。

けれど世の中はあまりに急速な変化を遂《と》げ、人心がその変化に追いつかず、幸福を幸福と思わない人々が増えていった。

普通という言葉に押し込められ、高かった理想もすぐに普通とされ、希望を持てず、与えられたものを刹那的《せつなてき》に享受《きょうじゅ》する。

そんな時代の次に訪れたのは、夢を抱かず、愛を知らず、絆《きずな》を持たず、前を向こうとしない時代だった。

私が力を得られるような人の感情と出会える事はもうなくなっていた。

気付けば私は存在そのものがひどくあやふやで、力の殆どを失っていたのだ。

その果てに本体も失われ、霞《かすみ》のような霊気体となっていた私は、自分が遠からず消滅するのだと薄まった意識で漂っていた。

もう自分が何者であったのかさえ朧気になった頃。

霊的な力の強いこの土地で意識が幾分鮮明になった私は、とても眩しい、そして温かな心の気配を感じた。

その心に触れてみたいと思った。

最早サトリの権能を使えば、感情を力として取り込む前に私の存在は消えてしまうかもしれない。

しかしそれでもよいと、私の好きだった人間の温かみを最後に見る事ができればよいと。

私は「彼」の心に触れたのだ。

それから私は私でなくなり、一時を人間のように過ごす事ができた。

自らの意識を取り戻した後も、彼の心の眩しさ、温かさに惹かれ続けた。

私が数百年の間に数えるほどしか出会えなかった人間の心の光は、こんな優しさに満ちていたのだと。

悔いはない。

彼の笑った顔がここで途絶えてしまうのは嫌だ。

人間の寿命からすれば、十年二十年の誤差を取り払っただけかもしれないけれど。

それでも、彼の変わらない心の光は、この先誰かを照らす事もまだあるだろうと思う。

私は充分長く生きた。

だから、悔いはない。

悔いはない、はずだったのに——。

13

「ぬぅ……！」

店に残されていたアイレンの花へ、社殿で見つけた花弁に残留していた伶花さんの霊気を移したサクラが、ありったけの霊力を注《そそ》ぎ込んでいる。

サクラがどれほど優れた力を持った霊獣であっても何もないところからはそれを成《な》す事はできない。

今ここにある「僕らと同じ時間を過ごしたサトリ」の霊気が霧散してしまえばもうチャンスはない、最初で最後の機会だった。

光の粒が目に見えるくらいに圧縮された霊気の光球へ向けて、もうすでに三十分近くも術式を継続しているサクラに、疲労の色が濃くなっていた。

けれど、それが元の伶花さんの形へ戻る気配は未だ見られない。

「ち……、やはり足りぬか……！」

「それって、霊力が足りないって事なのか？」

「は……、みくびってもらっては困るであるな。燃料たる霊力だけならまだいくらかはある。足りぬのは……火種《ひだね》」

「火種……？」

「妖の力の根本であるよ、ご主人」

「つまり……人間の魂魄の……力……？」

「こればかりは、妖である私は持ち合わせておらぬ」

サクラのかざす手の先に揺蕩《たゆた》う光球は、時折形を崩しそうになりながらもなんとか形を留《とど》めている。

「……魂が必要というなら、僕のを使ってくれ」

圭一さんがそう申し出たものの、サクラはそれを片手で制した。

「圭一殿はあやつのなけなしの力を貰って持ち直したばかり。それはできぬ相談であるよ。それに、お主でなければできぬ事は別にあろう」

そのやりとりを見ていた僕と日野さんは顔を見合わせる。

「……」

「……」

何かを口にしたわけじゃあない。

どちらから何かを言い出したわけでもない。

ただ自然と、手を繋いで。

「お主ら……」

サクラのかざす手の先に揺蕩う光球に——伶花さんの力の結晶に手を触れた。

「——っ!?」

物凄い勢いで、全身の力が抜けていくのがわかった。

僕も日野さんも、たまらず膝をつく。

魂魄の力を直接分け与えるのが、こんなに急激な消耗《しょうもう》を生むなんて。

けれど、今気を失うわけにはいかない。

「夢路君、咲クン！」

顔面蒼白《そうはく》になった圭一さんが駆け寄ってきた。

「大……丈夫です」

僕らはお互いの身体を支え合い、どうにか倒れそうになるのを踏みとどまる。

光球の輝きが強くなっているこの状態を、維持しなくてはならない。

「あの人を呼び戻せるのは……きっと圭一さんの声だけだから……」

「圭一さんだけにできる事を」

「二人とも……」

「圭一殿、呼びかけを始めるのである。……サトリが写すものは……人の強き想いの中にのみ在るのだから」

「………ああ」

圭一さんは僕らの顔を見渡し、深い呼吸を一つして光球へと再び目を向けた。

14

聴き覚えのある歌が薄れゆく意識に響いてくるのは何故なんだろう。
これは彼の記憶の中の「彼女」が歌っていたもの。
そして私が最後に歌ったもの。
戸惑いと、嬉しさと、気恥ずかしさとが入り混じる、恋を自覚する歌。
――ああ。
そうだ。
私はきっと――最初から、あの人に恋をしていたのだ。
今更だけれど。
願わくば。
彼の笑顔に、もう一度会いたい。
そう思った私は、目を開いた。

そう。

身体を失ったはずの私が、確かに目を開けたのだ。

15

降り積もる雪に覆われ、人の姿もなく。

静寂に包まれた商店街の一角。

その曲が流れるアイレンのフロアに、光が満ちていく。

一ヵ月前の晩のように。

光の中に現れた彼女は、ゆっくりと目を開く。

唯《ただ》ひとつ違う点があるとすれば。

彼女の目の前に立つ圭一さんは、あの晩のような困惑した姿ではなく、遠い昔に勇気を出せなかった青年の頃のような表情でもない。

「……全く、自分だけ言いたい事言っていなくなるなんてひどいじゃないか」

「…………圭一……くん？」

「はいよ」

「どう……して……」

「みんなが頑張ってくれたんだヨ」

圭一さんがこちらへ顔を向ける。

「フハハ。報酬《ほうしゅう》は圭一殿から猫缶をたっぷり頂《いただ》く故、気にするでないぞ」

ありったけの霊力を費《つい》やして今は床で大の字になっているサクラは親指だけビシッと立てて返事をした。

僕も日野さんも、正直しばらく立てそうにない。

「…………」

「怜花さん。……夢路君からこのクリスマスにお呼ばれしてたんだろう？　こんな草臥《くたび》れたジジイだけ出席させる気かい？」

呆気に取られている彼女を前に、圭一さんは精一杯冗談めかして言う。

「そ……それは確かにそうだったけど、私が言いたいのはそうじゃなくて――」

「――ここに、いてほしい。歳も歳だし、お店もあと何年やれるかわからないけれどサ。でも、僕の隣にいてほしいんだ」

そして真っ赤になりながらも、真っ直ぐ彼女の事を見据え、想いを口にした。

「――――」

「いやァまあ、これだけ大仰《おおぎょう》にやって断られでもしたら恥ずかしいやら何やらで、もう僕ァ死ぬまで立ち直れそうにないんだけどサ……」

そう言って圭一さんは苦笑交じりに頰を掻く。

彼女の顔は次第に涙でくしゃくしゃになってゆく。

僕の隣では、日野さんが貰い泣きしながら僕の袖《そで》を摑んでいた。

「圭一さん、見てるこっちが百倍気恥《きは》ずかしいですよ」

「たはは……ゴメンゴメン。……まあ、そういうわけでその……どう、かな」

圭一さんは再度彼女を真っ直ぐに見て言った。


そして彼女はやがて。

「――――はい」

万感《ばんかん》の想いを込めて、

「喜んで」

涙も拭わないまま、最高の笑顔を見せた。

エピローグ

鳥が渡ってゆく。

親子だろうか。

兄弟だろうか。

それとも、番《つが》いだろうか。

答え合わせのしようのない事を考えながら、僕は抱《かか》えた荷物のズレを直した。

「この寒いのにスズメは元気だなあ」

「多分《たぶん》、シジュウカラじゃないかな」

「……ご主人、教養は大事であるぞ。教養は」

「うるさいな……」

僕と日野《ひの》さん、そしてサクラは年末の買い出しで鵜原《うのはら》のショッピングモールからの帰り道だ。

もうあと四日もすれば年が明ける。

我が家にとっては大晦日《おおみそか》から三が日いっぱい休みなしのお勤め期間である。家業（？）の手伝いという事で部活も休みをもらっているのだが、とにかくやる事は多い。

最早《もはや》まともに生活用品を買いに行く暇もないため、こうして大量に物資を買い込みに行った次第《しだい》である。

日野さんも何かと手伝ってくれるとはいえ、あまり大荷物を持ってもらうのも申し訳ないので、猫缶をダシにサクラを動員したのだけれど。

「どんだけ買ったんだよ猫缶……。正月分どころじゃないだろう、それ」

……ビニール袋がはちきれんばかりに伸びてるぞ。

「フフン、名高き霊獣《れいじゅう》を買い出しなんぞに使おうというのである。このくらいは当然であろう。まあ流石《さすが》にこの量を担《かつ》いで歩くには足元が滑《すべ》って少々歩きにくいのが難点であるが。……っとと」

三日間にわたって降り続いた雪は国道沿いと駅前くらいしか溶《と》け切らず、宅地へ入れば僕達が歩いている歩道なんてまだまだ一面雪化粧だ。

「この雪がなくなる頃にはもう新年だなあ」

何だかバタバタしてしまったが、正月明けまで落ち着いた時間は過ごせそうにない。

「それより日野さん、ホントに手伝ってもらっちゃっていいの？　家の事とか色々あるんでしょ？」

聞いたところでは流石に遠慮していた婆《ばあ》ちゃんに頼み込んだらしい。

「大丈夫。それに年始の神社で手伝いなんて初めてだから、実は結構楽しみだし」

人手《ひとで》が欲しい事情はあるとはいえ、婆ちゃんすら説《と》き伏せるとは、いやはや。

「でも……大晦日から三が日までぶっ通しだから、しんどいよ実際。紅白だって正月特番だって見てる暇ないし、それに——いってぇ！」

言い終える前に二の腕を抓《つね》られた。

両手で荷物を抱えている状態では逃《のが》れようがない。

「な、なんなの一体……」

「…………ばか」

「ええ……」

「フハハ。朴念仁《ぼくねんじん》のご主人には死ぬまでわからぬであるな！」

……何か知らないけどひどい言われようだ。

「おお、そうであった。此度《こたび》は私も宗一郎《そういちろう》殿と交替で祈禱《きとう》を任されておるのである」

「何だ、そうなのか。まあそれなら爺《じい》ちゃんも一安《ひとあん》し…………はぁぁぁあ？」

「む？」

「お前……そんな簡単に言うけど、大丈夫《だいじょうぶ》なのか？」

「大丈夫も何も、古今東西《ここんとうざい》この国で使われている祝詞《のりと》なぞ私は殆《ほとん》ど全《すべ》てをそらで奏上できるのである。言霊《ことだま》の真に意味するところも解《かい》せぬ見てくれだけの似非《えせ》神職なぞもいる昨今、私の方が余程《よほど》神職らしく振る舞えるというものである」

いやまあ、確かに術やら何やら使う時の技能がそれらと関連していると言われれば納得《なっとく》はできるけれど……。まあ……爺ちゃん達がそれでいいならいいか。


商店街まで戻ってきた僕らが近所のおじさんおばさん達と挨拶《あいさつ》を交わしながら歩いていると、アイレンの入り口から見知った二人が出てくるのが見えた。

「……やあ、三人ともお揃《そろ》いで。また随分《ずいぶん》買い込んだネ」

「圭一《けいいち》さん達は、そんな格好《かっこう》でお出かけですか？」

「ええ。みんなのおかげで遠出《とおで》もできるようになったし。年末年始は程よく寂《さび》れた田舎《いなか》の温泉にでも行こうって」

少し大きめのカバンを持って出てきたのは、圭一さんと――レイカ、レイカさんだ。

サトリという名は基《もと》となった怪異《かいい》そのものの呼び名であり固有の名前ではないのだそうで、結局呼び慣れ、また呼ばれ慣れてしまった名前でいく事にしたらしい。

但《ただ》し「伶花」という字は還《かえ》すべき人に還すのだと二人は言っていた。

レイカさんの性格や立ち振る舞いは「伶花さん」であった時とそれほど変化はない。

異なる点といえば髪の色で、薄い銀色がかった色になっていた。

何かと目を引く色合いだけれど、あの光の中から戻ってきた後の彼女は妖《あやかし》の権能《けんのう》といったものを殆ど失っていて、これ以上姿を変化させる事はできなくなったらしい。

染めるという手もあったが、レイカさん自身は今現在の自分の姿をこれ以上変えるつもりがないのだという。

曰《いわ》く「これが今の本当の姿だから、それでいい」……だそうだ。

町会では「圭一ンとこの別嬪《べっぴん》さんが銀髪になった」と驚かれたらしいけれど、八《や》百屋《おや》の景子《けいこ》おばさんの「若い子のセンスに年寄りが口出すんじゃないよ」との一声で収拾がついたらしい。

あとはレイカさんのこれから次第だけれど、持ち前の人当たりの良さがあるし、きっと大丈夫だと思う。

今の彼女は、何より自分を信じている。

自分は偽物《にせもの》で、本物にならなければ愛した人の隣にいられないと思いつめていた妖の姿はもうそこにはない。


「そんなわけで一足早いけど、よいお年を……ってネ。お参りは帰ってきて落ち着いてから行くヨ」

「サクラちゃん、本当にありがとうね。年が明けたら、好きなもの何でも御馳走《ごちそう》してあげるから」

「うむ。期待しておる故《ゆえ》、道々気を付けて行ってくるのである」

「それと洋子《ようこ》さんにも宜《よろ》しく伝えて。そちらが落ち着いたら改めてお礼に伺《うかが》いますって」

「うむ、承《うけたまわ》った」

「じゃあ、またね」

そうして圭一さんとレイカさんは、元気に手を振りながら水入らずの旅に出発していった。


二人と別れ、境内《けいだい》への長い階段を上る。

「……なあサクラ、婆ちゃんとレイカさん何かあったのか？」

サクラとレイカさんの最後のやりとりがよくわからなかった僕がサクラに尋《たず》ねると、

「何か……というより、事が全て丸く収まったのも洋子殿のおかげであるな」

「……全然話が見えないんだけど」

「社殿《しゃでん》全体の霊気の流れ――特に外部から霊気を集め易《やす》く、逆に外部に対して拡散させにくいという特殊な構造をしておるのは、洋子殿が鵜野森《うのもり》神社全体の霊気の通り道を調律《ちょうりつ》しておるためである。レイカの始まりの依代《よりしろ》が完全に力を失わなかったのは、それによっていくらかの霊気があの場に留《とど》まったが故。前にも少し話したが、洋子殿はお若い時分は相当な術者であったはずである」

……何というか。

我が祖母ながら、底の見えない人だ。

「私、帰ったら洋子さんに色々聞いてみようかな」

「話してくれるかなあ……。あんまり期待は――」

「宗一郎さんとの馴《な》れ初《そ》めの話」

「あ、そっちですか……」

何だか日野さんのこのノリもすっかり板についてきたな……。

苦笑《くしょう》しているると今度はサクラが何かに反応する。

「むっ、この匂《にお》い……！」

「何だ何だ」

「これはまさしく焼き・魚ッ！　ご主人達ッ！　私は一足先に戻っておるぞ。フハハ！」

ウチから漂《ただよ》ってくる焼き魚の匂いに辛抱《しんぼう》できなくなったらしく、階段を五段飛ばしで駆け上がっていってしまった。

「…………」

「…………」

「本っ当に今年は信じられないいくらい騒がしい年越しになりそうだな……」

大荷物を抱えつつ溜息《ためいき》をついた僕の横に日野さんが並んだ。

「でも――」

「……え？」

「――でも、今凄《すご》く楽しいよ。私」

そしてそのまま、軽い足取りで追い越していく。

「……………」

少し前まで想像もつかなかった彼女のふわりとした笑顔に一瞬見惚《みと》れてしまい、

「……あっ、やば、ちょっとちょっと！　日野さーん！　ちょっとーッ！」

微妙《びみょう》なバランスで積み上げていた荷物が崩れそうになるのを必死で押さえながら、僕は延々と残りの階段を上るはめになったのである。

見上げた空はどこまでも高い。

もう、新しい年がすぐそこまで近づいていた。

番外編　朝霧家の正月模様

「……何て量だ」

積み上がった安全祈願《きがん》やら何やらの受付書類の束《たば》を前に、思わず頬《ほお》が引き攣《つ》りそうになる。

「すみません、ちょっとこれ婆《ばあ》ちゃんの所に持っていきますんで」

「はいよ。ついでに少し休憩《きゅうけい》しといでよ。夢《ゆめ》ちゃん、朝から駆けずり回ってるだろ？」

「ああ、すみません。じゃあ、お茶だけ頂《いただ》いたらすぐ戻ってきますんで」

町会から持ち回りで手伝いに来てくれている八百屋《やおや》の景子《けいこ》おばさんに一言伝え、僕はどっさり貯《た》まった書類を手に社務所《しやむしよ》を出た。

我が家に正月休みは存在しない。

まあ、鵜野森《うのもり》・鵜原《うのはら》一帯で神社らしい神社が不思議とここしかないという事もあり、八月の祭礼《さいれい》のほか、大晦日《おおみそか》から三が日にかけて鵜野森神社には多くの参拝客《さんぱいきゃく》が訪れる。

文字通り、目の回るような忙しさだ。


自宅へ向かい庭から縁側の方へ回り込むと、客間を使って婆ちゃんがお札《ふだ》に祈願者の名前を筆で書き入れる作業の最中だった。

「婆ちゃん、追加分持ってきたよ」

「あらあら、これは大変ねぇ」

婆ちゃんはあんまり大変そうじゃない口調《くちょう》で笑う。

達筆《たっぴつ》な婆ちゃんとはいえ、気を遣《つか》う作業をケロッとした表情でこなしていく処理能力の高さには頭が下がるばかりだ。

「でも、大事な新年のお仕事だから頑張らなくちゃいけないわね」

腕まくりして、やる気満々である。

草履《ぞうり》を脱《ぬ》いで部屋へ上がった僕は、受付書類の束を机の端《はし》に置く。

しかしまあ、例年の事だけれど凄《すご》い量である。

家内安全に交通安全。

商売繁盛《はんじょう》に良縁成就《じょうじゅ》。

「今の日本人は信心が薄いなんて言うけど、これ見てると全然そんな気しないね」

「ふふ。何だかんだ生活と時間に追われて神様に触れる機会が減っているけれど、それでも皆、心のどこかではそういうものを信じたいんじゃないかしらね」

心の支えにしているものは人それぞれ違いがあるのだろうけれど、目に見えないものを拠《よ》り所《どころ》にしている人も存外昔と変わらず多くいるのだろう。

「あ、僕お茶淹《い》れるけど、婆ちゃんも飲む？」

「ええ、そうね。頂こうかしら」

「じゃあ、ちょっと待ってて」

僕は婆ちゃんと二人分のお茶を淹れるため、そのまま台所へ向かった。

台所では、町会の手伝いの人達へ出す食事やなんかの準備を買って出てくれた日《ひ》野《の》さんが奮闘《ふんとう》していた。

「朝霧《あさぎり》君、お疲れ様」

「日野さんこそ、お疲れ様」

「境内《けいだい》、凄い人。さっきちょっと二階から見たけれど、あんなに人が来るんだ」

「あはは。……っていってもお正月と夏祭りの頃だけだよ。後で手が空《す》いたら覗《のぞ》いてくれば？」

「……でも、この格好《かっこう》」

そう言って日野さんは自分の服装をまじまじと見直す。

社殿《しゃでん》へ行く事もあるだろうからと婆ちゃんの勧《すす》めで巫女《みこ》さんの装《よそお》いになった日野さんだけれど、慣れない服装に戸惑《とまど》っているようである。

「大丈夫だって。変じゃないよ。むしろすごく似合《にあ》ってると思う」

普段の日野さんからして、その落ち着いた物腰と佇《たたず》まいは傍《はた》から見るとどことなくミステリアスな空気を纏《まと》って見えるので、今の格好ならば尚更《なおさら》のはずだ。

「…………なら」

「へ？」

何だかゴニョゴニョと下を向いて呟《つぶや》く日野さんの言葉がよく聞きとれずに聞き返す。

「…………一緒、なら」

……。

………。

…………。

……ウン、はい。

言葉の意味を理解して、時間差で自分の頬が熱くなっていくのを感じる。

ここ半年ほどで行動をともにする機会が増えたとはいえ、改めて口に出されると顔から火が出そうだ。

「えっと……じゃあ、さ。もう少し落ち着いたら、その――」

「――うん」

「食料補充《ほじゅう》ーッ！」

僕らがしどろもどろのやりとりをしている台所に、大声でサクラが乱入してきた。

いつもの人型形態の時に着ている着物とも違う、神職の装いだった。

「腹が減っては～、祈禱《きとう》はで～き～ぬ～」

胡散臭《うさんくさ》い歌を口ずさみつつ戸棚の中から猫缶を取り出し、小皿にあけて電子レンジに放り込む。

「……それわざわざ温めるのか、お前」

「んっふっふ。神通力《じんずうりき》で猫舌《ねこじた》を克服した私だけが楽しめる新たな美食の境地《きょうち》なのである」

レンジの中を楽しそうに覗き込みながら言うサクラ。

「神通力をそんな事のために使うんじゃないよ……」

「宗一郎《そういちろう》殿と交替で祝詞《のりと》の奏上《そうじょう》を片っ端から捌《さば》いている私には、そのくらいの贅《ぜい》沢《たく》も許されようなのである」

……まあ確かに。

爺《じい》ちゃんも三が日ぶっ通しでこれだけの安全祈願やらの祈禱を捌き続けていると流石《さすが》にしんどいだろうし、来客の応対なんかも難しい。

そこで白羽《しらは》の矢《や》が立ったのが、日頃食っちゃ寝生活を謳歌《おうか》している我が家の猫妖《よう》怪《かい》である。

「伊達《だて》に百五十年も霊獣《れいじゅう》やっているわけではない故《ゆえ》、日本中の神主《かんぬし》と張り合っても、そらで奏上できる祝詞の数で負ける気はせんのであるな」

言って得意気《とくいげ》に胸を張る。

町会のおじさん達も何だか「とびきりの別嬪《べっぴん》が宗一郎の代わりに祈禱をしてくれる」とかいう身も蓋《ふた》もない評判を聞きつけて興味津々《きょうみしんしん》でやってきては、奥さん達に首根っこ摑《つか》まれて引きずられていく様子を何件か目撃しているので、今後の参拝客増加に繋《つな》がる可能性も否定できない。

「それに？　私としてもこれだけ人の願いが一気に集まるのであれば陽の気も集め放題で？　私は霊格の向上にも繋がる上に鵜野森神社も人手《ひとで》が確保できる、と。これぞまさしく『うぃん・うぃん』の関係なのであるな」

「俗っぽい言い方をするんじゃない。もう少しオブラートに包め」

ジト目の僕をよそに温め終わった猫缶の中身を一気に掻《か》き込むと、サクラは満足気に腹を叩《たた》き小皿と箸《はし》を僕に押し付けてニィっと笑う。

「では、もうひと稼《かせ》ぎ行ってくるのである！」

「言い方ーッ！」

はたはたと手を振って台所を出ていくサクラの背中に向けた僕の渾身《こんしん》のツッコミは、虚《むな》しく空《くう》を切った。

社務所へ戻った僕がまた境内《けいだい》を駆けずり回っていると、

「ああ、ちょっと聞きたいんだけれど、古いお札《ふだ》や御守《おまも》りはどこに持っていけばいいのかな？」

参拝客らしい男性に声を掛けられた。

才《さい》の神焼《かみや》き――お焚《た》き上《あ》げに納める古いお札を持ってきたのだろう。

「それでしたら社殿の裏手ですが、宜《よろ》しければお預《あず》かりしますよ」

「そうかい？　ありがとう、助かるよ」

男性からお札や御守りの入った紙袋を預かる。

ウチで出しているものと形状がちょっと違うようなので、去年は他の神社で参拝したのかな。

まあ同じ神社で処分しなければならない決まりもないのだけれど。

「いやそれにしても凄い人混みだね。特段観光地というわけでもないだろうに、ここって結構有名なんだね。鵜原に住んでいて来た事なかったのだけれど」

「ええと……。有名というか……このあたり一帯に神社がここしかないっていうのもあるんですが……。鵜野森町は特に古い町ですから、みんな地元で参拝するみたいで。最近は鵜原から参拝なさる方も多いですし」

ここ二十数年ほどで開発された鵜原地区の住民も訪れるようになってから、年々参拝客が増えているという話は聞いている。

僕が子供の頃と比べても、確かに境内の賑《にぎ》わいも増しているように思えるから、この先も当面はこういう年始が続くのだろうと思う。

「詳《くわ》しいんだねぇ。君もこのあたりの学生さんなのかい？」

「詳しい……というより、実家の事ですので。……はは」

「実家……。そうか、ここの神社の子なのか」

男性は目を丸くして僕の方をまじまじと見る。

うーん、そんなにおかしいか、僕の格好は。

「神社の子にこんな事を尋《たず》ねるのも何だけど……、神様のご加護《かご》って、あると思うかい？」

「……え？　加護、ですか？」

「そう」

　何かの問答のつもりなのだろうか。

　男性の意図《いと》はよくわからないけれど、僕はその問いに対してもっともらしく話ができるほど経験を積んだ人間でもない。

　言える事は、せいぜい自分の目で見て、自分の耳で聞いたこの半年ほどの体験からくる考えくらいのものだ。

「ある……と、思いますよ」

「……ふむ」

「上手《うま》く言えませんけど……神様も世の中全部を一度に見渡せるわけじゃないから、辛《つら》い目にあう人はどうしたっているし、伝えないでいる事を汲《く》み取ってくれるとは限らない。……でも、仲良くなったら辛い時には助けてくれる。そうやって差し伸べてくれた手を頑張って掴んだ時には、少しだけ手を貸してくれる……と、思います。それを皆が加護っていうのかは、ちょっと自信ないですけど」

　神様に会ったことはないけれど、霊獣のサクラがあんな感じなのだ。神様だってきっと万能じゃないし、食い意地張ってるのがいたりお調子者《ちょうしもの》だっているのだろう。

「……なるほど。面白《おもしろ》い考えだね」

「だから僕も、そういう人達の手伝いができる人になれたらと思っています。背中を押してあげたり、手を引いてあげたり。手を振り払われない限り、微力《びりょく》でもできる事はきっとある……と思います」

僕の話を聞いていた男性はやがて穏《おだ》やかに笑い、

「ありがとう。君の話にはとても興味《きょうみ》が湧《わ》いた。また今度、話を聞かせてほしい」

「はあ……、どうも」

「それじゃ、お焚き上げ、宜しくお願いするよ」

そう言って僕に手を振り、人混みの中に消えていってしまった。

「……何だったんだ」

何が何だかよくわからない僕は、しばらくお札の入った紙袋を持ったまま雑踏《ざっとう》の方を眺《なが》めて呆《ほう》けるしかなかった。


三が日も流石《さすが》に晩になると幾分参拝客も少なくなり、僕と日野さんは職務から解放され、今は二人で境内にいる。

サクラは客間で町会の人達と大酒呑《の》んで騒いでいたが、今はコタツで満足気にいびきをかいている有様だったので婆ちゃんにあとを任せて出てきた次第《しだい》である。

まあサクラは実際相当数の祈禱をこなしてくれたみたいだし、労《ねぎら》いも必要だろう。

今日はもうコンビニくらいしかやっていないので、明日どこかであいつ好みの猫缶でも調達《ちょうたつ》しようかと思う。

「今回は本当に助かったよ、手伝ってくれてありがとう。町会も年々動ける人手が減ってきてたから。けど、年始から何だかバタバタさせちゃってごめん」

「楽しかったから、平気」

「……そっか」

日野さんの口から「楽しかった」という言葉が出てくるのは、およそ半年前には考えられなかった事だ。

そうした感情表現を当たり前にできるようになったのはとても尊《とうと》い事だと思う。

「今年はもっと沢山《たくさん》、嬉《うれ》しい事も楽しい事もきっとあるよ。怒ったり悲しんだりする事もあるかもしれないけど、その――」

「――うん」

社殿の篝火《かがりび》に照らされて穏やかに微笑《ほほえ》んでいる日野さんの横顔は、何というかその……とても、綺麗《きれい》で。

けれども僕の頭には、気の利《き》いた台詞《せりふ》なんてものはどこからも湧いてきてくれなくて。

だから僕は、目を合わせずにその手を握《にぎ》るだけでいっぱいいっぱいで。

「一緒、なら」

「――うん」

二人静かに、揺《ゆ》れる篝火をしばらく見上げていた。


――のだが。


「ごっしゅじーん！」

……酔っ払いが起き出して乱入してきた。

「斯様《かよう》な所に突っ立っておったら風邪《かぜ》をひくであるぞー二人ともー」

へべれけ状態で僕らの間に割って入り、二人の肩を抱《かか》え込む。

「お前、完全に出来上がってるじゃないか……」

「サクラ、お酒臭《くさ》い」

「お酒を呑んだらお酒臭いのは当然であるなー、ふはは」

前言撤回《てっかい》。

コイツには猫缶ではなく二日酔い用の薬を買ってやろう。

「お前、コタツで爆睡《ばくすい》してただろう。何しに起きてきたんだよ」

「何しに？　……おーそうであったそうであった。咲《さき》に伝える事があったのでな」

「伝言？」

「昼間私が居間で休憩していたら咲の父を名乗る者が『ウチの咲がお世話になっております』等と申して訪ねてきたのである」

「え」

「え」

　僕と日野さんの反応が重なる。

「取次ぎ致《いた》そうかと聞いたところ、邪魔《じゃま》しては悪いからと立ち去られてしまったのでな。私も次の祈禱の刻限になってしまった故、そのまま失念《しつねん》していたのである。いやぁーすまんのである」

　すまなさの欠片《かけら》もない様子のサクラをよそに、日野さんが慌《あわ》ててスマホを取り出している。

「……サクラ、そういうとこだぞお前」

「ほーう？　どういうとこであるかなご主人。聞いてやるから申してみるのである」

「ああもう、しがみつくな！　酒臭い息を吹きかけるな！」

「――朝霧君」

　酔っ払いととっくみあいになりかけている僕に目を向けて、日野さんが久々の真《ま》顔《がお》なっている。

「……はい、何でしょう」

「お父さんと、会ったの？」

「……」

「…………」

「…………え？」

　間の抜けた反応の僕。

「面白い話を聞かせてもらったよ……って」

　えーと。

　……あー……。

「あの人かぁぁぁぁぁ……！」

「なんか『中々面白い子だね』って書いてあるけど……」

「えぇ……」

「……『手を振り払われない限り、微力でもできる事はきっとある……なんて言う子が、今時《いまどき》の子にもいるんだね』って……」

「やめて！　読み上げるのは恥ずかしいからやめて！」

「……ふふ」

日野さんはお父さんからのメールの続きを眺めていたけれど、やがて何だか楽しそうに笑い出した。

「……まだ何かあるの？」

「うん。ある」

「……何て？」

僕がおそるおそる聞くと、

「……ひみつ」

日野さんは少し悪戯《いたずら》っぽく笑って、人差し指を口に当てたのだった。


春の桜も、夏の日射しも、秋の香りも、冬の星空も。

今年はこんなにも待ち遠しい。

日野さんと、サクラと、爺ちゃんと婆ちゃんと。

どんな年を過ごす事になるのだろう。

きっと例年になく騒がしい、見た事のない日々が待っているのだ。

エブリスタ
国内最大級の小説投稿サイト。

小説を書きたい人と読みたい人が出会うプラットフォームとして、これまでに200万点以上の作品を配信する。

大手出版社との協業による文芸賞の開催など、ジャンルを問わず多くの新人作家の発掘・プロデュースをおこなっている。

https://estar.jp/

この作品は、小説投稿サイト「エブリスタ」の投稿作品に大幅な加筆・修正を加えたものです。

著者紹介
あきみず いつき

1979年生まれ。千葉県在住。十代の頃に自分を救ってくれた読書体験を、今の世代に還元したいと作家を目指す。会社員の傍らゲームシナリオ制作等を経て、『鵜野森町あやかし奇譚　猫又之章』（PHP文芸文庫）でデビュー。

ＰＨＰ文芸文庫　鵜野森町《うのもりちょう》あやかし奇譚（二）
覚《サトリ》之章

2020年３月19日　第１版第１刷

著　者　あきみずいつき
発行者　後藤淳一
発行所　株式会社ＰＨＰ研究所
東京本部　〒135-8137 江東区豊洲5-6-52
第三制作部文藝課 ☎03-3520-9620（編集）
普及部 ☎03-3520-9630（販売）
京都本部　〒601-8411 京都市南区西九条北ノ内町11
PHP INTERFACE https://www.php.co.jp/

組　版　有限会社エヴリ・シンク
印刷所　図書印刷株式会社
製本所　東京美術紙工協業組合

ISBN978-4-569-90001-8

PHP文芸文庫

第7回京都本大賞受賞作品

京都府警あやかし課の事件簿

天花寺さやか 著

人外を取り締まる警察組織、あやかし課。新人女性隊員・大にはある重大な秘密があって……？　不思議な縁が織りなす京都あやかしロマン！

PHP文芸文庫

京都府警あやかし課の事件簿 2

祇園祭の奇跡

天花寺さやか 著

嵐山、宇治、祇園祭……化け物捜査専門の部署「あやかし課」の面々が初夏の京都を駆け巡る！ 新人隊員の奮闘を描いた人気作、第二弾！

PHP文芸文庫

京都府警あやかし課の事件簿 3

清水寺と弁慶の亡霊

天花寺さやか 著

弁慶が集めたとされる999本の太刀。それらに封印されし力が解き放たれた時、秋の京都が大混乱に!? 人気のあやかし警察小説第三弾!

PHP文芸文庫

午前3時33分、魔法道具店ポラリス営業中

藤まる 著

相手の心を読めてしまう少女と、自分の心が他人に伝わってしまう少年。二人が営む不思議な骨董店を舞台にした感動の現代ファンタジー。

PHP文芸文庫

すべての神様の十月

小路幸也 著

貧乏神、福の神、疫病神……。人間の姿をした神様があなたの側に⁉　八百万の神々とのささやかな関わりと小さな奇跡を描いた連作短篇集。